IL PLAYBOY

LA BRATVA DI CHICAGO

RENEE ROSE

Traduzione di
EMA FERRARI

RENEE ROSE ROMANCE

PROLOGO

Nadja

IL RUMORE di metallo mi esplose nelle orecchie. Il fumo di sigaro mi riempì le narici. Sentii, nelle vicinanze, ragazze urlare e supplicare.

Nadja, guardami. Guarda qui. Mi schiaffeggiò la faccia abbastanza forte da farmi girare la testa. *Apri la tua graziosa boccuccia russa, puttana.*

«*Net... net!*» Mi svegliai al suono della mia stessa voce che implorava nell'oscurità. Cercai di muovermi, ma non ci riuscii – avevo i polsi immobilizzati, incatenati al letto. No, un attimo. Non era così. Mi sedetti e li strofinai per essere sicura. Ero libera. Era solo un sogno.

Un altro flashback.

La lampada accanto al letto era accesa perché non riuscivo a addormentarmi al buio. Peggio ancora: se mi svegliavo nell'oscurità, urlavo fino a diventare rauca.

Sbattei le palpebre, in cerca delle cuccette, delle altre incatenate, ma ero nel mio letto. Nella mia camera.

Non nel seminterrato della fabbrica di divani di Leon Poval, ma nel nostro appartamento di lusso a Chicago. Nell'edificio bratva chiamato Cremlino.

Mio fratello Adrian e la sua ragazza Kat erano nella stanza accanto. Probabilmente li avevo svegliati con le mie grida.

«Sto bene» urlai in russo, nel caso in cui si stessero vestendo a causa delle grida.

Mi alzai dal letto e andai al tavolo da cucito per prendere l'album da disegno.

Tre anni prima, quando ero una persona completamente diversa, sognavo di disegnare abiti da sposa. Avevo lavorato come sarta, apportavo modifiche in un negozio da sposa di lusso, e a scuola avevo studiato fashion design.

Ora uscivo a malapena di casa. L'agorafobia mi teneva intrappolata lì col blocco da disegno pieno di schizzi e una macchina da cucire che non usavo mai. Lo aprii alla pagina dell'ultimo disegno che avevo fatto. Quattro musicisti su un palco. Ognuno indossava versioni punk di un abito da lavoro in gessato nero con dettagli rossi. Alle giacche avevo rimosso grossolanamente una o entrambe le maniche, senza definirle con un orlo pulito. A un musicista mancava un bavero a sinistra. La cantante indossava minuscoli pantaloncini con calze a rete e parti di una gonna rossa plissettata sui lati dei pantaloncini. La sua cravatta rossa era stretta al collo sotto un colletto simile a quelli che amava indossare Kat.

Poi c'era suo fratello, Flynn, il chitarrista solista. Alto e affascinante. Era quello per cui avevo disegnato la giacca a cui mancano entrambe le maniche, in modo che mostrasse le spalle. Aveva una maglietta rossa sotto, senza cravatta. Pantaloni neri slim fit. Non avevo abbozzato il volto, ma la mia mente lo evocava a memoria.

Sorriso da pirata. Occhi che si increspavano agli

angoli. Un calore e una leggerezza che si estendevano oltre l'aspetto smilzo.

Era l'unica cosa che mi attirava fuori dall'edificio. Lontana dalla sicurezza che mi dava vivere nella fortezza della *mafia* russa.

Sapevo che la sua cordialità nei miei confronti era proprio questo: un approccio amichevole che rivolgeva a chiunque orbitasse nella sua sfera.

Sapevo che portava a casa ogni settimana una ragazza diversa, se non due. Contemporaneamente.

Flynn era un playboy. Non faceva per me, eppure ne ero attratta.

Mi dava un motivo per cercare di vincere la sindrome da stress post traumatico e gli attacchi di panico. Un motivo per lasciare la mia stanza.

Ero preparata al fatto che mi avrebbe spezzato il cuore, cosa impossibile da evitare. Ma il dolore doveva essere migliore del tormento della solitudine. O peggio, di avere paura di provare qualcosa.

CAPITOLO UNO

Flynn

Nadja era in preda a un attacco di panico. Mi trovavo nel vicolo dietro al Rue's Lounge a dividermi uno spinello con gli amici della band quando la splendida giovane russa uscì di volata dall'uscita di emergenza ansimando nel tentativo di respirare. Girò rapidamente l'angolo, come per non essere vista.

«Ci vediamo dentro, ragazzi.» Scesi dal muretto e passai lo spinello a Ty, il batterista. Non richiamai l'attenzione su Nadja, la ragazza che viveva nell'edificio di mia sorella. Ero certo che volesse un po' di privacy mentre cercava di riprendere il controllo.

Avevo fin troppa familiarità con gli attacchi di panico. Mia madre soffriva di ansia e depressione, e avevo passato tutta la vita ad aiutarla a gestirle. Ad alleggerire i suoi stati d'animo. A sforzarmi di farla sorridere.

Girai l'angolo come se fossi ancora fuori a fumare e trovai Nadja con la schiena contro la parete di mattoni e le lacrime che le scendevano sul viso. Non la conoscevo tanto bene. Non abbastanza da presumere che volesse parlarmi, in quel momento. Né che le fossi di conforto.

Ma non riuscivo ad andarmene. Non prima di aver provato.

Spalancò gli occhi quando mi vide, e ansimò più forte per riprendere fiato, piegandosi, con le mani appoggiate sui jeans strappati.

Appoggiai la schiena contro il muro di mattoni accanto a lei, così da rimanere fianco a fianco. Nessun contatto visivo diretto. Nessuna minacciosa interazione.

Dopo un attimo sollevò il busto, ma non era ancora in grado di respirare. Aveva il viso rosso e le lacrime le uscivano dagli angoli degli occhi. Non riuscivo a pensare a niente da dire, quindi le presi la mano e intrecciai le dita con le sue.

Faticò per inalare ancora per qualche istante, e poi parte della fatica si attenuò e il suo braccio si allentò.

«Ehi» dissi sottovoce.

Lei piagnucolò.

Ero attratto da quella ragazza da quando aveva iniziato a venire a vedere la band. Era stupenda ma in modo sobrio, quasi come se si nascondesse. Come se non volesse farsi vedere da nessuno. Ma poi si illuminava quando le parlavo, quindi avevo pensato che potesse essere semplicemente timida. Ora mi sembrava tutto più chiaro. Soffriva di ansia sociale.

Cosa che non mi scoraggiava affatto. Non esisteva nessuno al mondo meno scoraggiato di me dai problemi di salute mentale.

«Bella la nuova pettinatura.» Con le mani ancora unite, mi spostai e le scostai una ciocca di capelli dagli occhi castani. Quella sera si era presentata con riflessi rame sui capelli castani, che prima portava lunghi, in un caschetto lungo che le incornicia il viso a cuore. Si era anche truccata, un'altra prima volta. L'eyeliner nero le passava sotto gli occhi verso i bordi esterni delle sopracciglia in un drammatico riferimento punk. Le palpebre superiori e inferiori erano bordate e ombreggiate di oro, rame e bronzo, che catturavano la luce e facevano risaltare le macchie d'oro dei suoi occhi. Indossava una camicia di flanella aperta sopra una canotta rosa pallido modellata sul seno.

Non affrontai di proposito l'attacco di panico. Non le avrei chiesto cosa c'era che non andava né se stava bene. Sapevo che nessuna di quelle cose l'avrebbe aiutata a superare il momento. Probabilmente era già abbastanza imbarazzata per il fatto che qualcuno l'avesse vista.

«Davvero?» bisbigliò.

Sentii il sollievo nella sua voce, dovuto al fatto che non stavamo parlando delle lacrime. «Sì» dissi. «Ti sta bene.»

Tirò indietro le dita e avvolse le braccia intorno alla vita. Mi spinsi su dal muro per mettermi di fronte a lei e le sistemai i revers della giacca di pelle nera, chiudendo la cerniera perché sembrava che avesse freddo. Chicago era davvero dannatamente fredda a febbraio per stare fuori a lungo, anche per chi veniva dalla Russia.

«Vuoi una canna?» chiesi. Avevo un altro spinello in tasca da accendere. Non appena glielo offrii, avrei voluto non averlo fatto. Mi sembrava sbagliato offrirle erba, anche se sapevo che la marijuana era utile per l'ansia.

Mi sentii uno scapestrato. Non avevo idea di come la vedesse riguardo alle feste o alle droghe o persino all'alcol. Non l'avevo mai vista bere altro che bottiglie d'acqua. Inoltre, non volevo che si infilasse in quella tana del coniglio se non lo aveva mai fatto. Conoscevo tantissime persone che avevano sprecato gran parte della vita da fatti, me compreso. Nadja sembrava troppo fresca e brillante per farlo.

Pura.

«Cosa?» Mi guardò negli occhi per la prima volta da quando mi ero avvicinato.

«Lascia stare» dissi. «È stata un'idea stupida. Ne ho una migliore.» Le presi di nuovo la mano e la tirai verso il furgone che la band usava per trasportare gli strumenti e le attrezzature. Lei esitò, trascinando un po' i piedi, così mi fermai ad aspettare.

«Hai paura di me?» mi conosceva a malapena e stavo cercando di infilarla in un'auto parcheggiata in un vicolo. Aveva senso che fosse riluttante a seguirmi. Ma lei scosse la testa e la resistenza se ne andò. La portai al retro del furgone, dove aprii le portiere. Dopo essere strisciato dentro, le tesi la mano.

Abbassò le sopracciglia, ma mi prese il palmo e si arrampicò dentro. «Cosa stiamo facendo?»

Chiusi le portiere e mi sedetti a gambe incrociate sul pavimento di moquette del furgone. «Qui fa più caldo.» Si mise a suo agio, appoggiando la schiena contro la fiancata del furgone.

«La band non sentirà la tua mancanza? Insomma, non devi andare a suonare?»

Feci spallucce. «Tornerò tra un minuto. Per ora è bello essere lontani dalla folla. Non credi?»

Probabilmente capendo che la stavo aiutando, puntò la testa all'indietro contro il furgone e lasciò uscire un leggero singhiozzo. Una lacrima le scese sul viso.

Tenni la bocca chiusa. Ecco l'arte di stare con qualcuno in crisi. Entrare in sintonia con la sua energia. Condividerne il peso. Normalizzare il momento.

Anche se stava piangendo di nuovo, sentii il panico defluire. Le lacrime facevano parte della delusione successiva.

«Anche a me piace questa pettinatura.»

Il suo accento russo era sexy: avrei potuto ascoltarla tutta la notte.

«Mi sentivo così forte stasera.» Si asciugò le lacrime con il dorso della mano. «E voglio venire a una festa con te.» Quando inclinai la testa perplesso, i suoi occhi si spalancarono come se avesse voluto rimangiarsi le parole. «Insomma, mi hai invitata il mese scorso, e volevo venire, ma la folla mi fa andare in iperventilazione. Quindi sto cercando di lavorarci su.»

«Sì» dissi come se non fosse un grosso problema. Perché, sinceramente, non lo era. Poteva anche andare fuori di testa o piangere tutta la notte, e io non avrei giudicato. Non avrei corso. Avevo la capacità di rimanere calmo davanti alla devastazione emotiva.

Lasciai che si riprendesse in silenzio per un attimo e poi le proposi: «Potremmo andare a una festa stasera.»

Alzò lo sguardo verso il mio in un'espressione tra il meravigliato e lo scioccato. Portava un lucidalabbra rosa oro che mi faceva venire voglia di baciare la sua bella bocca elegante.

«Dopo il concerto. Ho in programma già almeno due feste. Potremmo andare a entrambe. Sai, per provare. Per vedere come va.»

Sapevo che aveva già classificato la serata come un fallimento. Forse era lì fuori in attesa di un passaggio per tornare a casa. Ma la notte era ancora giovane. Gli attacchi di panico passavano. La cosa migliore da fare era semplicemente andare avanti. Riprovare. Non farne un grosso problema.

Aprì le labbra piene.

«*Nadja!*» Una voce maschile echeggiò nel vicolo.

Solo perché sentii del panico nel tono – come se avesse paura che le fosse successo qualcosa di brutto – aprii con un calcio le portiere posteriori del furgone e urlai: «È qui dentro!» Scesi, e vidi quello che pensavo fosse il fratello venire verso di me come se avesse intenzione di prendermi a calci in culo. Nadja mi seguì e mi rimase accanto, il che fece rallentare il passo al ragazzo.

«Sono qui, Adrian. Sto bene. Faceva freddo, quindi ci siamo sistemati nel furgone per un minuto.»

Era sicuramente il fratello, non c'era dubbio sulla somiglianza. L'avevo visto nell'edificio un paio di volte. Un altro dei membri tatuati della *mafia* russa dall'aspetto letale.

Sarei stato più cauto se mia sorella, Story, non fosse andata a vivere con uno di loro.

Mi sa che il suo ragazzo aveva normalizzato il concetto di *mafia* per me.

La sua ragazza gli corse dietro e lo prese a braccetto, come cercando di calmarlo. «Sta bene. Torniamo dentro, Adrian.»

Adrian non si mosse. Mi lanciò un'occhiataccia prima di volgere lo sguardo verso Nadja. «Cos'è successo?»

Argh.

Ma non sapeva che tirare fuori l'argomento l'avrebbe solo fatta crollare?

«Le ho chiesto di uscire a prendere un po' d'aria fresca» mentii, posandole il braccio dietro la schiena come se fosse in corso una sorta di flirt e non una pseudo-emergenza.

Mi ignorò. «Meglio andare.»

Strinsi Nadja a me. Me lo lasciò fare. Si adattava bene al mio fianco, le sue Converse viola erano più piccole accanto alle mie nere. Mi piaceva la sensazione di averla accanto.

Mi guardò incerta. «Io… resto qui.» Guardò suo fratello. «Io e Flynn andiamo a una festa dopo il concerto.»

Il volto della fidanzata di Adrian si aprì in un sorriso. «Che bello! Vedi? Sta bene. Andiamo…»

«*No.*» Adrian mi affrontò come se fosse pronto a

picchiarmi se avessi cercato di convincerlo del contrario. Chissà se era protettivo o se voleva controllarla o entrambe le cose. Mi decisi a dargli il beneficio del dubbio e mi convinsi che fosse preoccupato perché conosceva l'ansia sociale di sua sorella, ma non pensavo proprio che facendone un grosso problema le avrebbe fatto un favore. Semmai avrebbe rafforzato il ciclo di convinzione che c'era qualcosa di sbagliato in lei.

Fu Nadja a prendere il comando. Mi spinse verso l'edificio, semplicemente allontanandosi da suo fratello.

«Nadja!» urlò, ma non la seguì. Sentii entrambi i loro sguardi sulla schiena mentre prendevo la mano di Nadja e la portavo verso la porta d'ingresso del palco.

All'interno, Story stava aspettando con il resto della band, la chitarra elettrica su una spalla.

Mi spinse la chitarra addosso. «Gesù, Flynn, dove diavolo… *oh.*» Vide Nadja e interruppe la ramanzina. «Ehi, Nadja. Penso che Adrian ti stia cercando.»

Mi scrollai di dosso la giacca e la buttai su una sedia. «L'ha trovata» tagliai corto, facendomi scorrere la cinghia della chitarra sopra la testa. Colsi lo sguardo di Nadja e vidi che stava iniziando ad agitarsi di nuovo.

Volsi la testa verso il palco. «Vieni qui, voglio farti vedere una cosa.»

Si irrigidì. «Cosa?»

«Flynn, dobbiamo riprendere subito» disse Story con impazienza.

La ignorai per avvicinarmi a Nadja e invadere il suo spazio personale.

«Ti fidi di me?» la fissai negli occhi con sfumature d'oro.

Si bloccò sul mio sguardo come se fossi un'ancora di salvezza. Come se stesse camminando su una corda tesa, e se avesse osato distogliere lo sguardo avrebbe perso l'equilibrio per cadere giù.

Non dovevo offendermi per il fatto che la risposta non fosse immediata. Non ci conoscevamo davvero. Non eravamo mai stati soli insieme prima di quei pochi minuti nel furgone. Era solo una che veniva ai miei spettacoli. Una conoscente. Ma sapevo che le mie intenzioni erano buone. Sapevo di parlare la sua lingua, nel profondo.

Non il russo. Né un'altra lingua in senso stretto. Un linguaggio emotivo. O energetico. Magari su di lei non sapevo nulla, ma la capivo completamente.

«*Flynn!*» sibilò Story girandosi indietro mentre lei e gli altri membri della band uscivano sul palco. La folla applaudì.

Infine, Nadja fece un piccolo cenno.

«Bene. Vieni qui.» Le sorrisi e le presi la mano, conducendola dietro le quinte. Afferrai una sedia e la collocai proprio lì dietro. «Siediti qui.» Indicai la sedia. Esitò, lampeggiando sotto le luci del palcoscenico.

«Siediti» la convinsi. Con passi vacillanti, avanzò e si sedette, guardandomi in attesa.

Puntai verso il palco con un sorriso. «Il posto migliore del locale» le dissi. «Puoi vedere tutto quello che succede sul palco in completa privacy.»

Si affacciò dietro il sipario e lanciò uno sguardo verso la sala gremita. L'aria era densa e calda per la folla. Gli Storytellers avrebbero proprio dovuto suonare in luoghi più grandi, ma Rue ci aveva dato il nostro primo lavoro, e detestavamo snobbarla ora. Se un giorno si fosse stufata della folla che portavamo, allora ci saremmo spostati altrove. Per ora i fan dovevano solo arrivare presto o acquistare i biglietti in anticipo, perché riempivamo il locale e facevamo il tutto esaurito ogni sabato sera.

«Vedi?» Inclinai la testa verso il pubblico. «Se tu non riesci a vederli, loro non possono vedere te.»

Finalmente conquistai uno dei suoi rari ma bellissimi sorrisi. Simile a un fiore che sbocciava nella neve.

«Eccoci, siamo tornati» disse Story al microfono. «Iniziamo con le prossime canzoni non appena mio fratello porta il sedere sul palco.»

La folla applaudì. «Flynn! Flynn! Flynn!»

«Stai bene?» chiesi a Nadja.

Lei annuì. Vidi della speranza brillare dietro la sua espressione, e mi provocò qualcosa di strano al petto.

«Non te ne andare» le dissi.

Arrossì. «Non me ne andrò.»

«Promesso?»

«Flynn!» urlò Lake dal palco.

Aspettai la risposta di Nadja.

«Promesso» disse.

Le feci un sorriso e corsi sul palco appena in tempo per essere colpito da tre mutandine femminili contemporaneamente.

CAPITOLO DUE

Gospodi, le ragazze stavano lanciando le mutandine a Flynn. Ne prese un paio e lo fiondò tra la folla, cosa che fece gridare i fan, maschi e femmine allo stesso modo, in segno di approvazione. Accennò il riff di una delle canzoni originali degli Storytellers.

Il cuore mi palpitava ancora, ma stavolta non per paura. Il suono dell'ingranaggio meccanico che si avviava quando stavo per avere un attacco aveva smesso di stridermi nelle orecchie.

No, quel brivido aveva a che fare decisamente con Flynn Taylor.

Il ragazzo con il sorriso da pirata che stava rapidamente superando la fama di Story come il più amato degli Storytellers. Il nuovo fenomeno musicale più hot di Chicago.

Flynn stava diventando il rubacuori dei sogni di ogni adolescente. Fortunatamente, la maggior parte di loro era troppo giovane per entrare al Rue. Il resto, però...

Diciamo solo che Flynn aveva molto movimento intorno.

Ecco perché non riuscivo a decidere se essere entusiasta che si fosse interessato a me o semplicemente cancellarlo perché quel ragazzo si interessava a ogni femmina capace di respirare della nostra fascia d'età.

La band partì con il secondo blocco di canzoni, e io agitai le dita dei piedi al ritmo e canticchiai. Conoscevo tutte le loro canzoni a memoria. A volte scendevo per ascoltarli esercitarsi nella sala prove che si trovava nel nostro edificio. Era lì che lo avevo conosciuto. Ero nel corridoio in attesa di entrare e pulire la sala dopo che avevano finito.

Mi aveva chiesto se sarei andata a vedere il concerto di sabato sera.

Mi ero scioccata da sola rispondendo di sì.

La prima volta che ci avevo provato, ero arrivata fino alla porta ed ero stata costretta a tornare indietro. La volta successiva ero rimasta un po' più a lungo. Ero entrata e mi ero seduta con Oleg, il fidanzato di Story, il sicario muto della bratva. Una volta che la gente aveva iniziato a entrare, me n'ero andata. Negli ultimi mesi avevo fatto abbastanza progressi da rimanere per periodi di tempo sempre più lunghi con folle sempre più grandi di persone.

Stavo andando benissimo, credevo, fino a quando quella sera non era successo qualcosa. Non ero nemmeno sicura di cosa mi avesse fatto scattare.

Non c'era stato niente di particolarmente diverso nella serata, ma quando mi ero alzata per andare in bagno diverse persone mi avevano spinta, e questo aveva scatenato un attacco di panico con i fiocchi.

Era buffo che Flynn non avesse trovato strano trovarmi a piangere nel vicolo. Pensai che stesse semplicemente facendo il disinvolto, e lo adorai davvero. Era dolce il modo in cui mi aveva coperta con Adrian… non che mio fratello non sapesse la verità.

Tirai fuori il telefono per mandare un messaggio a Adrian e dirgli che ero nel backstage e che poteva tornare a casa senza di me. Mi sembrò sfrenato e audace.

Quasi pazzo, come saltare giù da una scogliera.

Mi rispose per dirmi che sarebbe rimasto. Ovviamente non credeva che lo avrei fatto. Sarei andata davvero a una *festa?*

L'idea mi entusiasmava e mi terrorizzava allo stesso tempo.

Mi impegnavo a fondo da settimane ormai per arrivare a quel punto. Avevo chiesto al terapeuta di prescrivermi gli ansiolitici che mi aveva suggerito mesi prima. Mi ero tagliata i capelli e li avevo tinti. Avevo lasciato che la nuova ragazza di mio fratello, Kat, mi truccasse.

Stasera, quando avevamo lasciato il Cremlino, l'edificio che ospitava la bratva di Chicago, mi ero sentita in cima al mondo. Beh, non in cima al mondo, così era troppo. Ma mi ero sentita forte e audace, una persona diversa. La ragazza allo specchio sembrava che potesse essere il membro di una band punk rock proprio come Story. Sembrava il tipo di ragazza che poteva reggere il confronto. Il tipo con cui nessuno avrebbe scherzato.

Potevo sembrare piuttosto ossessionata da Story. La cantante della band. La stella punk rock con una gigantesca guardia del corpo russa per fidanzato. Ma forse era solo perché ero affascinata da tutto ciò che aveva a che fare con Flynn. E Story era la sorella maggiore di Flynn. Ora lo guardavo dalle quinte. La mia posizione mi permetteva di essere come una mosca sul muro, cosa che preferivo di gran lunga rispetto all'idea di stare fuori con il resto dei fan. Lì mi sentivo al sicuro. Un'insider. Soprattutto perché era stato Flynn a farmi mettere qui. *Mi aveva fatto promettere di rimanere!*

Il pensiero mi fece battere di nuovo il cuore.

Mi concentrai sulla sua figura alta e slanciata mentre si esibiva. Era la quintessenza di tutto quanto fosse cool, tutto ciò che un astro nascente avrebbe dovuto essere. Barba ben tagliata, berretto sulla testa. Le sue dita sottili danzavano sulle corde del basso. Sorrideva e si agitava e si esibiva come un sogno.

Gli guardai le spalle e i bicipiti flettersi sotto una maglietta sbiadita dei Radiohead mentre suonava. Era virile senza apparire minaccioso. Aveva il contegno rilassato che mi permetteva di respirare quando era nei paraggi. Mi faceva dimenticare chi fossi, il che era un bene. Perché odiavo assolutamente la pelle in cui vivevo.

Mentre guardavo, mi si attivò tra le gambe un impulso lento. Il seno divenne dolorante. Lo volevo.

Volevo Flynn Taylor.

Guardai tutto dal mio punto di osservazione. Suonarono tutte le loro canzoni, mescolando cover di altre band, come al solito. Rinnovavano spesso lo spettacolo per i fan: c'era sempre qualcosa di nuovo, ogni settimana.

Quella settimana Story tirò fuori una versione grandiosa di *99 Luftballons* di Nena. Sì, la versione tedesca, e il suo accento non era affatto male.

Quando finì, la band scese dal palco e Oleg, il fidanzato bratva di Story che fungeva anche da guardia del corpo e tecnico del suono, salì per riporre l'attrezzatura.

Il bar non aveva ancora chiuso: finivano di suonare sempre trenta minuti prima dell'orario di chiusura, altrimenti i buttafuori non riuscivano a far uscire le persone dalla porta. Stasera avevano finito anche prima, ma nessuno sembrava incline ad andarsene. Anzi, delle ragazze iniziarono un coro tra le risate, «Flynn! Flynn! Flynn!»

Il calore mi scorreva lungo il collo e le braccia. Non ero gelosa. No. Insomma, non avevo aspettative su Flynn. Sicuramente non vedevo nulla nel fatto che mi avesse invitata a una festa. Probabilmente aveva invitato altre sei ragazze ad andare a festeggiare con lui quella sera.

Pensiero che mi rovesciò lo stomaco.

Ok, bene. Ero decisamente gelosa. Volevo l'attenzione di Flynn.

Tutta.

Non ero tanto sciocca da pensare che l'avrei ottenuta. Ero persino scioccata che avesse notato che esistevo. Onestamente, non sapevo come avevo fatto ad arrivare a tanto con lui. Sapevo di non essere una minaccia per nessuna delle ragazze là fuori. Ero troppo a pezzi. Funzionavo a malapena.

Era passato un anno da quando Adrian mi aveva liberata dal seminterrato della fabbrica di divani di Leon Poval, e la sindrome da stress post-traumatico mi aveva ancora in pugno. Alcuni giorni non riuscivo ancora nemmeno a uscire dall'appartamento.

Tutto quello che sapevo era che Flynn mi faceva venire voglia di provarci.

«Eccolo!» gridò una indicando nella mia direzione. Saltai in piedi come se fossi sotto tiro e trovai Flynn proprio dietro di me, che mi portava le mani alla vita.

Non significa nulla. Tocca tutte, ricordai a me stessa, ma questo non fermò il battito frenetico.

Fece un sorriso alle ragazze che affollavano il bordo del palco e le salutò con la mano, e quelle lo presero immediatamente come un invito a lanciarsi sul palco e correre verso di noi. Quando mi tirai indietro mi prese la mano, il che fece reagire tutte e cinque le donne che si scagliarono verso di noi con sgomento comico.

«Vieni alla mia festa, Flynn?» chiese una splendida bruna. La camicia le conteneva a malapena i seni maturi e aveva delle sopracciglia fantastiche.

Non la odiavo. Non molto, almeno.

«Sì, ci veniamo.» Mi diede un colpetto e la ragazza aprì la bocca in un'espressione di sgomento ancora più visibile. Sembrava semi-ubriaca, quindi tutte le sue reazioni erano esagerate e lampanti.

«Ah. Tutti e due? Beh, ehm, va bene. Bello. Chi è la tua amica?»

«Nadja. Lei è, ehm... Candice.»

«Cadence» lo corresse con un'occhiataccia.

«Ah vero. Certo. Mi mandi l'indirizzo della festa?»

Il suo sguardo passò da Flynn a me, e sbatté le palpebre un paio di volte. «Sì. Va bene, sì. Te lo mando.» Gli sfiorò il braccio con la mano e lui non reagì affatto.

Mi stavo già pentendo del piano. Non potevo andare con Flynn. Donne come quella si sarebbero gettate addosso a lui tutta la notte. Cosa sarebbe successo se avesse deciso di andare con una di loro e io fossi rimasta improvvisamente da sola?

Avevo bisogno di una spalla. Avrei voluto che Kat fosse single. Il che era stupido, dal momento che non l'avrei conosciuta affatto se mio fratello non l'avesse portata a casa a vivere con noi.

Le ragazze se ne andarono.

«Flynn, non sono sicura della festa» dissi. Ma proprio in quel momento Adrian apparve dietro di me, come sapendo che avrei fallito, e mi tirai su. Potevo essere la donna che avevo visto allo specchio stasera. La donna tranquilla con i riflessi tra i capelli e l'ombretto punk.

«Andiamo.» Adrian puntò la porta con la testa.

«No. Vado alla festa.»

«Ti ho appena sentita dire che hai cambiato idea» disse in russo. Forse non voleva mettermi in imbarazzo.

«Sì, e l'ho cambiata di nuovo» risposi in inglese.

Adrian aveva ragione. Avevo bisogno di fare pratica, o non avrei mai imparato bene quella lingua.

«La riporto io al Cremlino» disse Flynn a Adrian.

«No. Andremo tutti alla festa» disse Adrian, il che fece saltare di gioia Kat, che era accanto a lui. Aveva la mia età ed era molto socievole. Una festa sarebbe stata proprio nelle sue corde.

Avrei dovuto essere arrabbiata, ma in realtà ero un po' sollevata. Se fossi andata fuori di testa, sarei potuta andare via con Adrian e Kat.

Flynn guardò me e Adrian.

«Vuoi che ti accompagni io?»

Annuii, un po' senza fiato per il fatto che lui continuasse a inseguirmi in quel modo.

Il labbro superiore di Adrian si increspò mentre guardava Flynn. «Se la tocchi ti uccido.»

Flynn

La mano di Nadja era stretta nella mia mentre ci muovevamo nella festa. Mi erano già state offerte droghe cinque volte. Normalmente non le avrei contate. Inoltre normalmente non avrei rifiutato le offerte, ma qualcosa nella fragilità di Nadja mi aveva fatto venire voglia di rimanere lucido.

Story sarebbe stata orgogliosa di me. Era alla festa con Oleg. Arrivò l'intero contingente russo. Probabilmente perché nessuno si fidava che rimanessi con Nadja, il che non avrebbe dovuto farmi rodere il culo. Non ero il ragazzo più affidabile del mondo, era vero. Andavo a troppe feste. Dormivo in giro. Evitavo le responsabilità che non riguardavano la musica, e anche con quelle facevo schifo in fin dei conti. Grazie, cazzo, stavo effettivamente iniziando a pagare le bollette. Da quando avevamo fatto la colonna sonora per gli Skate 32, le famose star dello skateboard di YouTube, eravamo davvero decollati. Il nostro album autoprodotto contava molti download ed eravamo scritturati da due a quattro serate a settimana in diversi locali della città. Story diceva anche che in estate avremmo fatto un tour a budget ridotto.

Per la prima volta nella mia vita, avevo più soldi in tasca di quelli di cui avevo bisogno per le spese mensili, e mi sentivo benissimo.

La festa iniziò ad animarsi. Qualcuno mise un po' di musica, e almeno venti persone si affollarono nel piccolo appartamento. Non ero convinto che la situazione potesse funzionare per Nadja, ma non riuscivo davvero a pensarne una migliore.

Non volevo chiederle di andare a casa mia perché saremmo finiti a letto, e la cosa mi sembrava sbagliata. Non perché suo fratello aveva detto che mi avrebbe ucciso – ed ero convinto che ci avrebbe provato. Probabilmente non l'avrebbe nemmeno lasciata venir via con me.

Anch'io avrei preso a calci nel culo Ty o Lake se avessero provato a combinare qualcosa con mia sorella. Sapevo che non ne erano degni e non gli avrei nemmeno permesso di pensare di provarci. E certo, sapevo che avrebbero voluto farlo.

Prima che conoscesse il suo gigantesco protettore russo, ovviamente.

Neanch'io ero degno di Nadja. Mi accompagnavo

spesso con ragazze diverse. Va bene, sempre. Ma non mi affezionavo. Non costruivo relazioni. Una fra tutte: Candice-Cadence. Qualsiasi fosse il suo nome. Avevo fatto sesso con lei la settimana precedente. Ed era stata la seconda volta, un grosso errore. La botta e via era una politica molto migliore. Due volte era troppo. Tre e ci credevano sposati.

Ma c'era Lake, e a lui piaceva, quindi speravo che l'interesse della ragazza si spostasse in quella direzione. Ecco il vero motivo per cui avevo suggerito all'inizio della serata a Candice-Cadence di dare una festa. Certo, era stato prima di sapere che Nadja sarebbe uscita.

Nadja, la bella e timida russa le cui difese stavo morendo dalla voglia di penetrare. Non sapevo nulla di lei, ma capivo che era piena di potenziale. C'era uno bagliore tremolante che cercava di nascondere sotto le spalle curve ed evitando il contatto visivo. L'avevo visto quando ci eravamo conosciuti. C'era una luce in lei che aveva iniziato a mostrare stasera con il nuovo taglio di capelli e l'audace eyeliner. E volevo esserci quando fosse sbocciata.

Quindi niente botta e via con lei. Dovevo essere un amico. Rimanere nei paraggi più di una notte.

Quindi niente sesso, anche se era al cento per cento il mio tipo. Sapevo che avrei potuto scuotere il suo mondo e farle dimenticare tutte le sue paure se solo l'avessi avuta sotto di me per un'ora.

Trovai posto sul bracciolo di un divano e tirai Nadja a sedersi di fronte a me. Non era proprio sulle mie ginocchia, ma eravamo stretti, il suo culo contro i miei fianchi spigolosi, mentre io le tenevo il braccio intorno alla vita. Respirai il suo profumo, che aveva toni caldi come il caramello.

Mi ero lavato nel bagno di Rue e mi ero messo una

camicia pulita nel furgone, ma avrei voluto comunque aver fatto la doccia. Se fossi stato fatto in quel momento, probabilmente sarei semplicemente andato in bagno per fare quello che volevo. Ma non lo ero, e non avrei lasciato Nadja da sola. Non quando potevo vederle la schiena sollevarsi per i respiri troppo veloci.

Mi sporsi in avanti, stringendo la mano contro la sua pancia. «Facciamo il gioco del contastorie» le dissi all'orecchio.

Girò la testa verso di me e accennò un sorriso. «Che cos'è?»

«È un gioco che facevo con le mie sorelle quando ci annoiavamo. Un gioco di espansione. Ogni persona aggiunge una nuova frase alla storia.»

«Hai un'altra sorella?»

«Sì, Dahlia è la piccola di casa. È al college nel Wisconsin. L'unica normale della famiglia.»

«Ok, giochiamo.»

«Inizio io. Una volta, quando ero giovane, ho visto una cavalletta.»

Nadja fece una risata imbarazzata.

«E... poiché non sapevo cosa fosse una cavalletta, l'ho mangiata.»

Risi. «Ma poi ho scoperto che la cavalletta è un insetto, quindi l'ho sputata subito.»

Sul volto di Nadja comparve un sorriso pieno. Si girò per guardarmi, ridendo, il naso arricciato. «Disgustoso. Mi dispiace.»

Scossi la testa in modo sprezzante. «Continua.»

«Va bene... la cavalletta si è rivelata magica.»

«Si è trasformata, tingendosi dei colori dell'arcobaleno.»

«E poi ha parlato. Ha detto *ti concedo un desiderio*.»

Le scostai una ciocca di capelli dagli occhi. «E cosa hai desiderato?» Cambiai gioco.

Deglutì a fatica, sbatté le ciglia mentre incrociava il mio sguardo per poi guardare in basso. «Desidero non avere mai più paura.»

Mi fece male il petto. «Lo desidero anch'io, per te.»

«E per te cosa vorresti?»

Allargai le braccia e sghignazzai. «Volare!» dissi con un sorriso. «Non è il desiderio di tutti?»

Alzò gli occhi, ma rise di gusto. Mi fece venire voglia di strapparle una risata almeno cento volte, per quella sera. Di farla ridere e ridere ancora fino a quando non avesse dimenticato tutte le sue preoccupazioni. Tutto ciò che aveva causato il dolore che celava dietro quegli espressivi occhi marroni.

«Come butta, festaioli?» Lake passò a me e Nadja dei bicchierini da shot e ci versò della tequila economica.

Nadja si rivolse a me per capire cosa fare.

Vacillai. Farla rilassare non era una cattiva idea. «Ti piace la tequila?»

Sembrò persa. «Non saprei…»

Lake infilò la bottiglia sotto il braccio e agitò una saliera. «Ho il sale!»

«Chi sei, la fatina della tequila?» chiesi.

«Sì.»

«Dov'è il lime?» chiesi.

Lake fece spallucce. «Niente lime. Le toccherà baciare le tue labbra acide.»

Interiormente mi agitai. Per una volta, non stavo cercando di finire a letto.

Ma fu dannatamente difficile resistere quando il suo sguardo andò alle mie labbra come se si stesse chiedendo come l'avrei gestito. Beh, dovevo farla divertire.

Un bacio non aveva mai fatto male a nessuno.

Le tesi il palmo. «Dammi la mano, Nadja.» Fui grato di vedere che non esitò. Me la porse con un sorriso. Le presi le dita e allargai il pollice, cercando di non pensare al desiderio di allargare altre parti di lei per dare accesso alla mia lingua. Mi portai la sua mano alle labbra e succhiai tra il pollice e l'indice.

Trasalì e trattenne il respiro, ma estasiata anziché restia. Quando fu completamente bagnata, mi tirai indietro e tesi la mano per metterla sotto la saliera. Lake me la passò con un sorriso. Mi aveva visto fare quei passaggi almeno trecento volte. Chissà perché, ma gli piaceva guardare. Forse perché lo trasformavo in uno spettacolo, e tutti intorno si arrapavano.

Era una performance da festa.

Agitai il sale sulla sua pelle inumidita, poi ripetei rapidamente il passaggio nello spazio del mio pollice. Tenendo fisso il suo sguardo, le feci vedere come fare, succhiando lentamente il sale dal mio pollice. Aspettai che mi imitasse, e poi entrambi buttammo giù gli shot nello stesso momento.

«Wow!» Rabbrividì, contorcendo la bocca.

«Lo so. Ora dovresti succhiare un lime per concludere. Vuoi un bacio?» Mi stavo già allungando verso la sua nuca, ma mi sarei fermato per tornare sui miei passi in un batter d'occhio se avesse mostrato in qualche modo di non volerlo.

Annuì, abbassando di nuovo lo sguardo sulle mie labbra. Tirai il suo viso verso il mio e inclinai le labbra sulle sue, accarezzandole dolcemente. Tratteggiai la fessura della sua bocca con la punta della lingua e lei mi fece accedere, permettendomi di far scivolare la lingua dentro. Nadja restituì il bacio timidamente, lasciandomi condurre.

Feci con calma ed esplorai la morbidezza della sua

bocca, il groviglio delle nostre lingue. Il sale persistente e il gusto della tequila.

«Ehi, ne voglio un po' anch'io» fece le fusa Cadence accanto a noi, avvolgendomi la spalla con una mano. Lake si strinse accanto a lei, dandomi un'occhiata alla *ci penso io, fratello*. Forse Cadence era intelligente. Si avvicinò a Nadja, non a me, e si sporse per un bacio.

«*Oh.*» Nadja spalancò gli occhi, ma lasciò che accadesse. Ero pronto a strapparle Cadence di dosso se mi fosse sembrata un po' a disagio.

«Va bene» disse quando Cadence si allontanò trionfalmente.

Ecco un'altra performance da festa che conoscevo bene. Si trattava di amore libero. Cadence mi rivoleva, ma io ero con Nadja e lei con Lake, quindi stava cercando di dimostrare di essere tranquilla e aperta per una cosa di gruppo.

Avevo il cazzo semi-duro, perché ero un maschio ipersessualizzato e mi stavano sventolando davanti la prospettiva del piacere carnale, ma sarei stato tranquillo e sarei rimasto con Nadja. Niente sesso. Mi sarei impegnato solo a farla sentire a suo agio.

«Dai. Andiamo nella mia stanza.» Cadence parlò solo a Nadja, lasciando la decisione all'unica persona che aveva più probabilità di obiettare.

Nadja mi lanciò uno sguardo interrogativo.

Mi sporsi in avanti e le mormorai nell'orecchio. «Dipende totalmente da te.»

Insomma, non ero il tipo che rifiutava un buon momento. Forse era per quello che si trovava lì.

Cadence le prese la mano e intrecciò le dita con le sue tirandola verso la camera da letto. Nadja la seguì, quindi io e Lake ci muovemmo dietro di loro. Le luci rimasero spente; la porta si chiuse.

Baciai Nadja, perché prima non ne avevo avuto abbastanza. Sentii il rumore dei vestiti che venivano tolti. Lake si stava occupando di Cadence. Piazzai il palmo sul culo di Nadja, stringendolo grossolanamente mentre approfondivo il bacio.

Cadence mi tirò per la manica verso il letto. Trascinai Nadja con me, baciandola per tutto il tempo. Mi tolsi la giacca e le feci scivolare le mani sotto la camicia. Lei si inarcò contro di me. Cadence strisciò per dare a Nadja un altro bacio mentre io le tenevo seno.

Emise un gemito.

«Oh. Mmm... dov'è il bagno?» chiese Nadja.

Cadence scoppiò a ridere. «In fondo al corridoio a sinistra.»

«Torno subito.» Nadja scese dal letto e si chinò per recuperare la giacca. Scivolò fuori dalla porta.

E non tornò mai più.

～

Nadja

Niente panico, niente panico, niente panico.

Era tutto ok. Avevo solo bisogno di andarmene. Il tintinnio metallico nella testa divenne più forte. Trovai Adrian che beveva una birra in cucina, tenendo d'occhio Kat, che sedeva sul piano di lavoro.

Nel momento in cui mi vide, capì cosa stava succedendo. Si girò, mise le mani sulla vita di Kat e la sollevò. Mi seguirono fuori dall'appartamento, giù per le scale e in strada. Non ero in preda a un attacco di panico completo, grazie a Dio. Ero solo in bilico sul baratro di un attacco. Avevo il respiro corto, e in testa sentivo un rumore metallico di catene.

Forse era la dimostrazione di quanto mi piacesse Flynn,

tanto che avevo persino tentato un approccio intimo. Insomma, il pensiero di lasciare che qualcuno mi toccasse di nuovo a quel modo di solito mi faceva impazzire.

Per un secondo, ero stata la ragazza dello specchio. Quella apparentemente sicura e solida. Quando Cadence mi aveva baciata, non era stato spaventoso. Né lo era stato il bacio di Flynn. Così avevo pensato che potesse essere l'occasione perfetta. Provare il sesso con persone che mi sembravano sicure.

La cosa del gruppo lo aveva fatto apparire più sicuro, inizialmente, anche se probabilmente poteva sembrare strano. Per tutto il tempo in cui ero stata dietro a Flynn, mi ero preoccupata di cosa sarebbe successo se avesse voluto fare sesso e io non ne fossi stata in grado. Quanto sarebbe stato imbarazzante e terribile. Come se fossi stata sotto i riflettori, consapevole di non essere in grado di esibirmi.

Quindi quell'opportunità – giocare semplicemente a una festa con altre persone – sembrava avere un carico di pressione minore. Ed ero eccitata.

Tutto fantastico.

Fino a quando non aveva smesso di esserlo.

E ora volevo solo andarmene prima che Flynn si rendesse conto che me n'ero andata. «Dov'è il suv?» mi strofinai il naso, credendo di sentire odore di sigaro, anche se non c'era. Sentii la catena intorno al collo stringersi. L'orlo della disperazione che mi si insinuava dentro. Adrian premette il telecomando e suonò l'allarme.

Corsi via e aprii lo sportello posteriore, tuffandomi praticamente dentro.

Adrian fu così gentile da non dire che me l'aveva detto.

«Devo ucciderlo?» chiese con calma mentre saliva al volante dopo aver tenuto la portiera aperta per Kat.

«*Net.*»

«Stai bene?» Kat si girò dal sedile anteriore per guardarmi.

Mi toccai la pelle intorno alle labbra. Sentivo ancora l'eco del bacio dove i peli del viso di Flynn mi avevano solleticata. «Bene. Benissimo. Mi ero solo... mi ero stufata, ecco tutto.»

Tornò in posizione. «È stato divertente andare a una festa americana.» Kat era Ucraina, ma aveva trascorso gli ultimi sette anni in Inghilterra. Mio fratello – che, come me, aveva lasciato la sua innocenza in Russia – l'aveva rapita lì e l'aveva tenuta in ostaggio per catturare suo padre, ma si era innamorato di lei.

Follemente innamorato. Erano adorabili insieme. Facevano sesso selvaggio e stravagante tutto il giorno e anche la notte, il che era parte del motivo per cui mi stavo impegnando di brutto per migliorare.

Volevo trasferirmi e dargli la loro privacy. Non essere più così pateticamente dipendente. Non permettere a così tante cose di innescarmi il panico.

Deglutii a fatica. «Sì.»

Kat si girò di nuovo. «A Flynn piaci *molto*.»

Sapeva della mia cotta per lui. Era stata lei a tagliarmi e tingermi i capelli e truccarmi per la serata. Mi aveva fatto sentire come se avessi una possibilità.

E sembrava che avesse ragione. Flynn mi aveva portata a una festa. Mi aveva baciata. Mi aveva portata in una camera da letto per limonare.

«Non mi piace» intervenne Adrian.

«Non deve piacere a te» sottolineò Kat. «È l'opinione di Nadja che conta.»

«Non è un uomo d'onore. Non mi fido di lui. Finirà per farti del male.» Adrian incrociò il mio sguardo dallo specchietto retrovisore. «Non sto cercando di farti saltare la scopata. Ma non penso che sia la persona giusta, Nadja.»

«Quindi stai cercando di bloccare la scopata, dal momento che lui ha un cazzo e tu lo stai bloccando» chiarì Kat.

Adrian emise un verso scorbutico.

«Potrebbe essere proprio quello di cui ho bisogno.» Non l'avevo considerato fino a quel momento, ma dopo l'esperienza della serata aveva senso.

«Cosa?» scattò Adrian. «Perché?»

«Non posso avere una relazione. Riesco a malapena a gestire la mia vita. Mescolarla con quella di qualcun altro non sarebbe saggio.»

«Vuoi un ragazzo senza stress. Nessuna pressione. Nessun impegno. Decisamente il ritratto di Flynn» disse Kat.

Adrian aggrottò le sopracciglia nello specchietto retrovisore. «Sei seria?»

«Da.»

«Vuoi solo...»

«Sesso?» terminò Kat.

Feci spallucce. «Forse.»

«No, non dire forse. Non farti coinvolgere se si tratta di un *forse.* Quello lì è un playboy.»

«Sì. È un *sì.* Penso di volere il sesso. Devo superare quello che è successo. Sapere che posso entrare in intimità con qualcuno senza impazzire. E Flynn potrebbe aiutarmi, in questo senso.»

Adrian emise un altro verso di disapprovazione. «Sono sicuro che non avrebbe problemi ad aiutarti.»

«E tu *non* lo ucciderai» dissi con fermezza. Wow. Mi sentivo già più forte. Prendere posizione. Esigere ciò che volevo. Impostare dei limiti.

Appoggiai la testa contro il sedile e mi strofinai le labbra ricordando il bacio.

Di Flynn, non di Cadence.

Volevo ricordare ogni dettaglio, che entrando lentamente ma gradualmente era diventato più aggressivo. Il suo profumo maschile – di pelle e sapone – mi aveva avvolta. Volevo sovrascrivere la mia memoria. Per ogni cosa orribile che mi era successa, volevo che un nuovo, lucido ricordo ne prendesse il posto. Uno con una rockstar disinvolta che faceva sembrare tutto possibile.

CAPITOLO TRE

FLYNN

Domenica mi recai al Cremlino.

Come un idiota, non avevo mai chiesto a Nadja il numero, e mi ero svegliato sentendomi ancora un coglione per come erano andate le cose la sera.

La festa era lo scenario sbagliato – ma già lo sapevo… ma la camera da letto?

Non sapevo nemmeno io come ero riuscito a combinare un tale casino. Ero bravo a capire le persone, specialmente le donne. Lo attribuivo al fatto di essere cresciuto con due sorelle e una madre mentalmente instabile. Mi fidavo delle vibrazioni che emanavano, e avrei potuto giurare che Nadja voleva andare in camera. Sapevo capire la differenza tra una che faceva una cosa perché pensava che fosse quello che volevo io e quando invece era effettivamente coinvolta.

O almeno lo credevo. Quindi o avevo fatto un casino o aveva cambiato idea, il che andava bene lo stesso. Avevo solo bisogno di parlare con lei. Di assicurarmi che stesse bene. Di scusarmi se avevo fatto lo stronzo.

L'edificio che la bratva di Chicago chiamava casa aveva

una sicurezza serrata come l'effettivo Cremlino, e il guardiano non era mio amico. Mi aveva totalmente rotto le uova nel paniere con Nadja l'ultima volta che l'avevo invitata a una festa. Speravo di riuscire ad abbindolarlo. Ma non sapevo nemmeno a che piano viveva Nadja. Anche se la band faceva le prove lì una volta alla settimana, non avevo la chiave magnetica per l'ascensore. Dovevo parcheggiare sotto e poi fare il giro fino alla porta d'ingresso per entrare. Le porte a vetri – antiproiettile, ne ero sicuro – erano chiuse a chiave. Alla reception non c'era nessuno. Maledizione.

Era domenica mattina. Che fossero chiusi ai visitatori la domenica? Provai a chiamare Story, ma non rispose. Mandai un messaggio sia a lei che a Oleg.

Niente.

Provai a bussare alla porta a vetri con le nocche. Non che ci fosse qualcuno a sentirmi. Rimasi fuori, vagando per un po', nella speranza che qualcuno entrasse o uscisse, ma senza fortuna.

Chi altro conoscevo nell'edificio? Mi misi a pensare se avevo il numero di telefono di altri. C'era Chelle, la pubblicitaria che ci aveva messi in contatto con gli Skate 32, gli skateboarder. Mi aveva mandato un messaggio una volta. Forse avevo salvato il numero.

La trovai tra i contatti come *PR Chelle*.

«Sì!» mormorai tra me e me.

Le mandai un messaggio. *Ehi, sono Flynn. Sono fuori dal Cremlino, ma non c'è nessuno alla reception. Non è che potresti farmi entrare?*

Non ricevetti risposta, ma cinque minuti dopo il suo ragazzo, uno dei gemelli biondi, comparve al freddo. Cercai nella memoria il suo nome. Era Dima? O Nikolaj?

«Nikolaj.» Gli tesi la mano. Me la strinse, ma poi non

la lasciò andare. «Manda di nuovo un messaggio alla mia ragazza e ti prendo a calci nel culo.»

Cercai di tirare via la mano. Strinse la presa. Questi della bratva erano seri riguardo alle loro donne. Davvero seri.

«Cazzo, scusa» dissi.

Nikolaj rilassò istantaneamente la presa, mi lasciò la mano e mi diede una pacca sulla spalla come per dire *nessun rancore*.

«Perché sei qui?»

Pensai per un attimo di andare avanti con il bluff sul fatto di dover fare le prove, ma sapevo che non l'avrei spuntata. Soprattutto perché non avevo portato la chitarra. Optai per la verità.

«Beh, ho bisogno di vedere Nadja. Siamo usciti ieri sera – dopo il concerto – e lei se n'è andata di colpo. Voglio assicurarmi che stia bene.»

«Sei uscito con Nadja?» Nikolaj lo disse come se non potesse crederci.

«Sì. Dopo lo spettacolo.»

«Nadja è uscita con te.» Perché sembrava che non mi credesse?

«È venuta alla festa con me, ma se n'è andata con suo fratello Adrian.»

Non avrei mai immaginato di dover spiegare tutta quella dannata cosa solo per entrare dalla porta principale.

L'espressione di Nikolaj si rischiarò. «Non preoccuparti. Nadja spesso se la svigna presto. Non prenderla sul personale.»

Stavo diventando impaziente. «Sì, so che soffre di attacchi di panico. L'ho vista viverne uno prima della serata. Ho solo bisogno di vederla di persona, ok?»

Nikolaj strinse gli occhi. «Hai il suo numero?»

Maledizione.

«No. Non gliel'ho mai chiesto. Non sarei qui, altrimenti. Insomma, non senza invito.»

«Già, non dovresti mai venire qui senza invito.»

«Amico, smettila di rompermi le palle. Sto cercando di fare la cosa giusta. Ho solo bisogno di parlare con lei.»

Nikolaj si rilassò, il che mi fece venire voglia di prenderlo a pugni.

«Nadja sta bene. Ha un sacco di persone qui che si prendono cura di lei. Puoi tornare a casa.»

«Quante di quelle persone l'hanno baciata ieri sera?» Sembravo un ragazzino delle medie. Chissà perché stavo cercando di far capire ad altri il legame che avevo con Nadja. Non avevo bisogno di approvazione né di riconoscimenti esterni. Attirai l'attenzione di Nikolaj, però. Si fece vigile.

«È per questo che se n'è andata? L'hai turbata? Non avresti dovuto…»

«Che cazzo… no, non l'ho turbata. Cioè, forse, ma le è sicuramente piaciuto il bacio. I baci, più di uno.»

Che idiota. Perché, ma perché dovevo per forza spiegargli quella merda?

«Senti, Flynn.» Nikolaj assunse un tono da terapista. «So che hai un sacco di movimento con le donne. Basta cancellare Nadja dalla tua lista. Non fa per te, fratello.»

Ora mi stavo incazzando, il che non era da me. Ero uno alla mano. La gente mi sottovalutava perché ero un tipo rilassato. Sembravo un fannullone o uno sballato. Scambiavano la mia mancanza di ambizione per una mancanza di intelligenza o talento. Ma, per una volta nella vita, non stavo facendo il figo.

Strinsi i pugni. «Ascoltami tu, fratello.» Probabilmente mi stavo dando la zappa sui piedi. Nikolaj non era meno letale di qualsiasi ragazzo bratva, ma non mi interessava.

Avevo perso la pazienza. «Non è nella mia lista. È un'amica e ho bisogno di vederla. Riesci a capirlo?»

«Eh.» Nikolaj mi valutò per un momento, poi tirò fuori il telefono e scorse sullo schermo. Maledizione.

Stava chiedendo assistenza per prendermi a calci in culo?

In realtà non sapevo quanto fossero violenti o brutali questi ragazzi. Oleg era un orsacchiotto gigante con Story, ma ero abbastanza sicuro che avrebbe potuto schiacciare la trachea di un uomo con due dita.

Forse avevano una stanza delle torture nel seminterrato. Del tipo con la plastica sparsa sul pavimento e uno scarico al centro per il sangue...

Comunque avrei tenuto il punto fino a quando non fossi entrato.

Passò un'eternità. Nikolaj mandò e lesse alcuni messaggi, mentre io me ne stavo lì a congelarmi il culo nel gelido vento di febbraio che soffiava direttamente dal lago.

Alla fine, si girò e aprì la porta. «Entra.»

«Ehi, davvero? Fantastico.» Abbandonai le ostilità e lo seguii. Non si fermò nell'area della reception ma si diresse verso gli ascensori, quindi lo seguii in uno di essi. Usò la chiave magnetica e premette il pulsante per il piano giusto.

«Non so neanche in quale appartamento vive Nadja» ammisi.

«Ti sto portando alla sala prove. Aspetterai lì.» L'ascensore si fermò e le porte si aprirono. Nikolaj venne con me alla sala prove che Oleg aveva insonorizzato per gli Storytellers e usò la chiave magnetica per aprire la porta. Entrai, ma lui rimase fuori nel corridoio.

«Spostati in qualsiasi altro punto dell'edificio e ti taglio entrambe le mani.»

Abbassai le sopracciglia e girai entrambi i palmi in

costernazione. Ma era... fuori di testa. Come avrei suonato la chitarra?

«Scherzo» disse mentre si allontanava. «Più o meno.»

«Gesù» mormorai, scrollandomi di dosso la giacca di pelle e gettandola sullo schienale di una sedia. La stanza era rivestita di moquette e la maggior parte delle pareti erano ricoperte di spugna fonoassorbente. Una grande lavagna copriva una parete, in modo che Story potesse scrivere la playlist o gli accordi o i testi di una nuova canzone. Lo studio aveva un paio di vecchi amplificatori e la mia chitarra acustica, ma per il resto era vuoto perché i nostri strumenti e le nostre attrezzature erano ancora nel retro del furgone.

Presi la chitarra acustica e suonai un riff blues che mi era rimasto in testa per giorni. Mi venne in mente che Nikolaj non aveva detto che Nadja stava arrivando. Solo che dovevo aspettare lì. Forse stava venendo suo fratello a prendermi a calci in culo.

Stava iniziando a sembrarmi troppo.

Misi giù la chitarra e andai alla porta, solo per aprirla e trovarci dietro Nadja.

«Oh!» esclamò.

«Ciao.»

Indossava un maglione giallognolo che le cadeva da una spalla e un paio di leggings neri con file ordinate di strappi lungo i lati. Resistetti all'impulso di prenderla tra le braccia e baciarla fino a farle perdere i sensi. Avevo deciso di non lasciare che le cose diventassero sessuali con Nadja, e la situazione era uscita di strada quando avevo abbandonato quel piano. Quindi saremmo tornati al piano A.

Eravamo amici. *Solo amici.*

Ero venuto in qualità di amico per vedere come stava.

«Flynn, scusa» sbottò. «Credevo che sarei andata di

nuovo nel panico e non volevo disturbarti né metterti in imbarazzo.»

Scossi la testa incredulo. «Disturbato? No, Nadja, no. Non sarebbe stato un fastidio. Né un imbarazzo.»

Arrossì. Eravamo ancora in piedi sulla porta dello studio, sembrava una metafora. In bilico tra due opzioni: essere amici o qualcosa di più. «Quello che *è* fastidioso è il fatto di non avere il tuo numero per accertarmi di non aver combinato un casino.» Le sollevai il mento quando non mi guardò negli occhi. «Ho combinato un casino, Nadja? Giuro su Dio che non stavo cercando di entrarti nei pantaloni.»

Aprì le labbra e le si dilatarono le pupille. «P-perché no?»

Scoppiai brevemente a ridere e poi mi resi conto di essermi incastrato da solo.

Non volevo dirle che sembrava avere più bisogno di un amico che di un giro sul mio cazzo. Non volevo dire nulla che potesse far sembrare che ci fosse qualcosa di sbagliato in lei.

Le presi la mano e mi portai le sue dita alle labbra. «Perché mi piaci, Nadja.»

Tirò indietro le dita. «E non ti scopi le ragazze che ti piacciono?»

Sorrisi. «Mi piacciono sempre le ragazze che scopo. È solo che di solito non porto avanti a lungo la situazione. Non porto avanti le relazioni. E volevo conoscerti meglio.»

«Oh.» La sillaba aveva un tono di meravigliata sorpresa, e cadde nel mio spazio, quindi non ebbi altra scelta che abbracciarla.

Inspirai il suo dolce profumo di caramello il mio cazzo si ispessì alla sua vicinanza.

Mi mise le mani sul petto e mi guardò. «Ero venuta a chiederti di fare sesso con me.»

«Cosa?» Quella ragazza mi confondeva di brutto.

«Mi è successo qualcosa di brutto, Flynn, ma stare con te mi fa sentire... meglio.»

Pronunciò le parole in fretta, come per dirle prima di ripensarci. O forse voleva continuare prima che io potessi reagire. «E tutti mi dicono di stare lontana da te per quello che hai appena detto, perché sei un playboy. Non resti molto nei paraggi. Ma sento che potresti essere esattamente ciò di cui ho bisogno per superare la mia... cosa.»

Qualcosa mi si depositò in gola, rendendo difficile il respiro. Non avevo ancora decodificato tutto ciò che aveva detto perché ero stato catturato dalle parole *mi è successo qualcosa di brutto*.

Non si trattava di ansia sociale. Si trattava di un trauma. Non c'era da stupirsi che tutti fossero così protettivi nei suoi confronti.

Fottutamente coraggioso da parte sua venirmi a chiedere ciò di cui aveva bisogno. Chi ero io per negarle qualcosa? Solo che riuscivo a sentire i campanelli d'allarme che suonavano. C'era una trappola, da qualche parte. Stavo per commettere un errore. Ma non riuscivo proprio a capire quale. «Vuoi fare sesso con me per superare il trauma?»

Sembrò sollevata dal fatto che avessi capito. «Sì. Solo sesso, ok? So che non vuoi una ragazza. Potremmo essere amici, sai? Come si dice da queste parti? Amici con benefici?»

Avrei dovuto esserne felicissimo. Ecco il tipo di scenario che funzionava alla grande per me. Nessuna pressione, nessun legame. Perché allora lo odiavo così tanto?

«Potresti comunque fare sesso con altre. Con Cadence, per esempio...»

Aggrottò le sopracciglia e scossi rapidamente la testa.

«Vero» disse consapevolmente. «Ci sei già stato, vero?»

Maledizione. Sembrava già tutto complicato.

Mi scrutò in faccia. «Lo farai?»

Tutto quello che riuscii a fare fu annuire. Certo che l'avrei fatto. Ero incapace di negare a quella ragazza dolce, coraggiosa e bella tutto ciò che mi chiedeva. Ma i campanelli d'allarme stavano ancora suonando. Mi dicevano che c'era qualcosa che non andava in quella storia. Qualcosa non avrebbe funzionato. Ma non riuscivo proprio a capire cosa.

Nadja

Imbarazzante.

Era tutto molto imbarazzante. Insomma, cosa pensavo sarebbe successo chiedendo a uno di fare sesso con me una domenica mattina in uno studio musicale vuoto? Non erano esattamente un luogo o una tempistica romantica. Ma in fondo, il romanticismo non era quello che stavo cercando. Non sapevo esattamente come mi aspettavo che funzionasse, però. Flynn mi studiò come nel tentativo di capirlo. «Vuoi andare a prendere un caffè?» chiese dopo un attimo.

Oh wow. Un caffè.

Per una ragazza normale, sarebbe stato un sì facile.

Un caffè con una sexy stella del rock 'n roll. Un ragazzo che aveva appena accettato di fare sesso senza vincoli né aspettative. Ma non ero una spontanea, e io non uscivo.

La possibilità che dessi di matto era troppo alta. Ma non volevo che Flynn lo sapesse. Non sapeva che non uscivo mai dall'edificio se non per vederlo suonare.

Non sapeva quanto fosse pervasiva la mia agorafobia. Quanto fossi danneggiata.

Non volevo che lo sapesse. Con lui mi sentivo come se potessi essere un'altra persona. Non la vecchia me – quella se n'era andata per sempre. Ma qualcuno di nuovo. Qualcuno di interessante. Emozionante, anche.

Quindi dissi «Certo. Sì.»

«Vuoi prendere una giacca?»

Esitai. Se fossi tornata nell'appartamento, avrei visto Adrian. Avrebbe dubitato che potessi farcela. E forse avrebbe insistito per venire con me. Mi sarei sentita debole e distrutta, come sempre con lui. Non era colpa sua. Ero stata debole e distrutta. Aveva fermato tre tentativi di suicidio, i mesi dopo avermi salvata. Mi aveva vista attraversare una depressione fra le più debilitanti.

Ma Flynn non mi conosceva in quel modo, e mi piaceva la me che immaginavo vedesse Flynn. Leggera e spensierata come lui.

Poteva uscire dall'edificio senza agitarsi. Senza aggrapparsi alla porta dell'ascensore o al portone. Ma ehi, se potevo fare tutte quelle cose, potevo anche dire a Adrian di darmi un po' di spazio, no?

«Sì. Vieni con me?»

«Certo.» Mi mise la mano sulla schiena e mi guidò verso l'ascensore. «Ho avuto difficoltà ad arrivare a te stamattina» disse con il suo sorriso da pirata. «Non conoscevo il numero dell'interno. Non avevo il tuo telefono. Nikolaj mi ha quasi preso a calci in culo per aver mandato un messaggio alla sua ragazza per entrare nell'edificio.»

Tesi la mano, sentendomi ancora come la versione audace di me stessa. Come se tutto potesse essere possibile e persino facile.

«Dammi il tuo numero.» Mi porse il suo telefono e io mi mandai un messaggio.

«Ora mi hai in pugno.» Glielo restituii con un sorriso.

«Continua a sorridere, Pesche.» Mi accarezzò la guancia con il pollice.

«Non conosco questa parola» gli dissi.

«Pesche? La pesca è un frutto.»

«Mi stai chiamando come un frutto?»

Alzò le spalle, disinvolto. Come sempre, riempiva lo spazio disponibile con la sua presenza, ma non nel modo potente e che rubava ossigeno degli uomini della bratva. Aveva una grazia disinvolta che faceva intendere che era in grado di gestire qualsiasi cosa gli piombasse addosso senza battere ciglio. Era come se nulla potesse agitarlo. Intorno a lui, avevo *più* ossigeno, cosa che mi faceva sentire al sicuro.

«Perché sei bella. E dolce. Inoltre, hai quella che chiamiamo una carnagione vellutata come una pesca.»

«Cosa?» Mi toccai le guance con una risata imbarazzata.

L'ascensore arrivò al mio piano e scendemmo. Flynn mi seguì fuori, a casa mia.

«Kat e Adrian stanno ancora dormendo» dissi prima di aprire la porta. «O più probabilmente sono a letto ma non dormono.» Agitai le sopracciglia e Flynn si aprì in un sorriso che mi fece svolazzare la pancia.

«Aspetto qui.»

Fui sollevata dall'offerta. Preferivo non avere a che fare con Adrian se non era necessario, e la voce virile di Flynn nell'appartamento avrebbe fatto alzare mio fratello dal letto in un lampo.

Dovevo proprio traslocare.

Il pensiero fu accompagnato dal solito senso di costrizione nei polmoni, ma immaginai di trasferirmi con Flynn, e scomparve completamente.

Ovvio che però non lo avrei fatto.

Flynn non era tipo da relazioni. Anche se aveva detto che sarebbe voluto rimanere più a lungo con me. Ma senza sesso. E ora facevamo sesso. Cioè, lo avremmo fatto. Ah! Non avevo idea di cosa significasse tutto ciò.

Mi infilai dentro, afferrai la giacca e un berretto di maglia e tornai indietro rapidamente, chiudendo dolcemente la porta.

«Oh!» Mi fermai sulla strada per l'ascensore. «Non ho preso i soldi.» Avevo davvero dimenticato come funzionavano quelle cose. Non uscivo da tantissimo tempo. In America non ero mai uscita. Non senza aggrapparmi a Adrian implorandolo di riportarmi indietro.

Flynn sorrise. «Li ho io.»

«Scusa» dissi. «Pago la prossima volta. So che non ci stiamo frequentando.» Spinsi il pulsante dell'ascensore più volte, dall'imbarazzo. Anch'io avevo denaro, ora. Lavoravo ancora nell'edificio, facevo le pulizie e la babysitter per Ravil, il *pachan* della bratva, ma solo per darmi uno scopo. Adrian aveva estorto cinque milioni di dollari al padre di Kat quando l'aveva rapita, quindi noi tre ora eravamo ricchi.

Flynn mi spinse indietro, contro il muro dell'ascensore, le mani leggermente appoggiate sulla mia vita. Incredibile quanto mi risultasse piacevole il suo tocco. Normalmente mi provocava l'orticaria persino una persona che mi sfiorava. Abbassò la testa e mi catturò le labbra, rubandomi il respiro. Sentii il riverbero del bacio tra le mie gambe, un lento pulsare che riportò in vita il mio desiderio sessuale quasi morto. Mi gustai Flynn. Rappresentava tutto ciò che volevo: l'incarnazione di una giovinezza spensierata, delle possibilità, del vivere momento per momento. Del succhiare il succo dalla vita.

Quando mi trovavo alla finestra del nostro appartamento e guardavo il mondo esterno, desideravo spesso essere qualcuno come Flynn. Ma sembrava proprio impossibile. Come se ci fosse una barriera invisibile alla porta dell'edificio, e quando provavo ad attraversarla davo di matto.

Quando le porte dell'ascensore si aprirono al piano terra, ero senza fiato e arrapata.

Ma poi le cose si complicarono.

Stavamo lasciando l'edificio. Stavamo per uscire nel mondo – cosa che odiavo. Ci sarebbero state delle persone là fuori. Estranei. Voci e corpi e la possibilità di annegare di nuovo nell'ombra. Sapevo che non era logico. Ero al sicuro. Ero libera. Non mi erano state date droghe e non ero incatenata a un letto da mesi. E non sarebbe successo mai più. Adrian me lo aveva promesso. Il terapeuta me lo aveva assicurato. Ma il mio corpo lottava ancora o si metteva in fuga alla più piccola alterazione dei miei sensi.

Tenni le labbra chiuse e cercai di inspirare lentamente dal naso.

Potevo farcela. Ero con Flynn. Andava tutto bene.

Posso farcela. Posso farcela. Il suono di ingranaggi che macinavano divenne più forte intorno alla mia testa.

Persi la concentrazione e tutto divenne sfocato. Maledizione. Stavo respirando? Rischiavo di svenire.

«Ehi.» Sentii la voce di Flynn, ma risuonava lontana. Solo che era in piedi proprio accanto a me. «Sali sulla mia schiena.»

Sbattei le palpebre. Flynn si girò e piegò le ginocchia, tenendo le braccia lontane dai fianchi.

«Cosa?» Il rumore metallico svanì.

«Salta su.»

Ero davvero confusa. Mi ero persa qualcosa? Il mondo girava più velocemente di quanto non sembrasse?

«Perché?» Ricominciavo a concentrarmi.

«Così ti porto io» disse, come se fosse perfettamente logico. Come se fossi a piedi nudi e dovessimo passare su del vetro infranto. Fui in grado di fare un respiro profondo dal naso. Lo usai per saltare sulla schiena di Flynn, avvolgendogli le gambe intorno alla vita. Mi infilò le mani sotto le ginocchia e iniziò a correre con me, roteando e inclinandosi come un marinaio ubriaco.

Dalle labbra mi sfuggì una risata sorpresa. «Che cosa stai facendo?»

«Ti porto a fare un giro.»

Le ombre si sollevarono. Il vortice meccanico si fermò completamente. Chiusi gli occhi, assaporando il momento. L'aria gelida contro il viso. L'immensa gratitudine nel mio cuore per quell'uomo di buon cuore.

All'improvviso ero saldamente tornata nel mio corpo. Potevo respirare. Non avevo paura. Anzi, mi stavo... divertendo. Sembrava impossibile, eppure stava accadendo. A me.

«Vuoi andare al lago?» chiesi. Non ci ero mai stata. Vivevo in un edificio che si affacciava sul lago Michigan e non avevo mai nemmeno affrontato l'isolato necessario per raggiungere a piedi la riva. Per tutto quel tempo avevo guardato fuori dalle finestre del soggiorno le persone che si trovavano giù. La gioia dei bambini che correvano sulla sabbia. Le persone che facevano jogging lungo la passerella. Le famiglie sotto gli ombrelloni e le anime gioiose che facevano volare gli aquiloni. Guardavo le barche galleggiare sull'acqua. Avevo sognato come sarebbe stato uscire e unirmi ai vivi. Ma non avevo osato. Ma con Flynn sembrava possibile. Quasi tutto sembrava possibile con Flynn.

«Vuoi andare al lago?» chiese. «Farà freddo. Ma vieni dalla Russia, quindi probabilmente non ti darà fastidio. Potremmo prendere un caffè e portarcelo dietro per tenerci al caldo.»

«Carino.»

Flynn fece girare i nostri corpi in qualche altro

vortice e poi si recò alla porta di un bar. Lì mi mise in piedi. Mi guardai intorno. C'erano delle persone nel locale. Persone che non conoscevo. Estranei. Ma stavano tutti parlando tra di loro. Erano chiusi nei loro mondi. Non ci guardarono nemmeno. Aspettai che il familiare senso di panico aumentasse, così potevo provare a scacciarlo via, potevo dirmi che stavo bene perché ero con Flynn. Ma non arrivò mai. Stavo davvero bene. Flynn era magico.

Mi condusse al bancone e mi disse: «Cosa vuoi?»

Non avevo paura. Non avevo assolutamente paura. Guardai la barista dritto negli occhi e le dissi «Vorrei un caffè.»

«Fanne due» Flynn tirò fuori dalla tasca una banconota da dieci dollari.

Ero raggiante, meravigliata di quanto fosse semplice e facile. Di non avere nemmeno un po' di paura al momento. Portammo i caffè fuori, dove andammo alla riva fianco a fianco. La bevanda era calda e dolce. Quando sorseggiavo più lentamente, Flynn prendeva il mio ritmo. Sembrava quello il suo dono.

«Dove avete imparato a suonare la chitarra tu e Story?» gli chiesi.

«Nostro padre insegna chitarra e suona in una band locale, i Nighthawks. Fanno cover rock anni Ottanta.»

«Quindi segui le sue orme.»

«Così si dice.»

C'era qualcosa di vuoto nel modo in cui lo disse. Con chiunque altro non avrei insistito. Diavolo, con chiunque altro non avrei neanche tentato di chiacchierare. Ma avevamo una connessione. Mi aveva vista piangere e non si era comportato come se fossi a pezzi.

«È un male?»

Ancora una volta, fui certa di percepire un'ondata di

disagio in Flynn. Un minimo sussulto, forse. Ma scosse la testa. «No, è figo.»

«Mi piacerebbe vedere anche la sua band.»

La frase mi fece guadagnare un ampio sorriso. «Davvero?»

Oh wow. L'avevo detto ad alta voce? «Beh…»

Cominciai la marcia indietro, spaventata di essermi impegnata in un'uscita, ma Flynn disse: «Sarebbe divertente. Non suonano più tanto spesso, ma scoprirò quand'è il prossimo concerto.»

Inspirai, pronta a respingere di nuovo il panico, che non arrivò. Tutto quello che sentivo era... eccitazione. Un futuro appuntamento con Flynn. Conoscerlo meglio. Ma quando arrivammo al lago, la folla si addensò. Vacillai e mi strinsi più vicino a Flynn. Mi prese il caffè dalla mano e si girò. «Salta di nuovo sulla mia schiena.»

Avrei voluto rifiutare. Avrei voluto andare avanti come se non ci fosse niente di sbagliato in me. Come se potessi farcela. Ma mi stava offrendo un ramo e io stavo per annegare, quindi lo afferrai.

I caffè si rovesciarono e gli scivolarono sui polsi quando gli salta sopra.

«Oh no!» Feci per scivolare indietro, imbarazzata.

«No, no, no, no. Va tutto bene.» Mi passò un caffè e usò la mano libera per tenermi un ginocchio. «Andiamo, Pesche.»

Gridai e risi quando si mise a correre di nuovo. Tenevo la tazza di caffè di lato, in modo che non gli si rovesciasse sulla testa. Mi portò a una panchina del parco e mi tenne sospesa sulla seduta, liberando la gamba. Mi misi in piedi sulla in panca e accettai la mano che mi offrì per saltare giù.

Mi si strinse lo stomaco quando vidi tante persone presenti, ma Flynn si sedette e mi prese per la vita. Mi tirò in avanti, di fronte a lui, spingendomi delicatamente sulle sue ginocchia, a cavallo della sua vita. Un gesto naturale e pazzo allo stesso tempo.

«Guardami» disse, prendendomi il caffè dalla mano e mettendolo sulla panchina accanto a noi. «Ci siamo solo io e te qui fuori» disse. «Questo è il nostro mondo. Non c'è nessun altro.»

Sapevo che quello che stava dicendo non era vero, eppure mi aggrappai a quel pensiero mentre mi fissavo sul suo caldo sguardo castano.

Mantenne il contatto visivo, sfidandomi a distogliere lo sguardo. «Baciami.»

Lo feci. Mi sporsi in avanti e gli coprii le labbra con le mie. Oggi non si era rasato, quindi il suo viso era trascurato. Mi piaceva il contrasto della barba ispida che incorniciava le labbra morbide e lisce.

Mi afferrò il culo al di sopra dei morbidi leggings, impastandolo grossolanamente, sorprendendomi mentre muoveva un dito nella fessura delle natiche. Per quanto odiassi il contatto fisico, per quanto ogni incubo riguardasse l'intrusione e il fatto di non avere il mio corpo sotto il mio comando, nulla del modo in cui Flynn mi toccava fu un fattore scatenante.

Non solo non mi innescò nulla, ma alimentò il mio fuoco. Mi dimenai sulle sue ginocchia mentre il mio corpo prendeva vita, il pulsare tra le gambe divenne sempre più insistente. Mi strofinai, cercando l'attrito contro le mie parti più sensibili.

Quando sentii il rigonfiamento in risposta nei suoi jeans, mi sentii molto più trionfante che spaventata.

Avevo fatto bene a chiedere a Flynn di essere lui ad aiutarmi a superare la mia prigionia. I miei dubbi erano svaniti. *Volevo* fare sesso con lui. Non avevo paura. Con lui ero riuscita a trovare la guarigione sessuale. Mi sarebbe piaciuto tornare a casa in quel momento, ma lì c'era Adrian.

Ero così presa dal bacio da non far caso alle persone intorno a me né al freddo. Niente distoglieva la mia attenzione dal piacere fisico. Dal groviglio della mia lingua con quella di Flynn, dalla pressione del clitoride sulla cucitura dei suoi jeans. Niente mi distrasse finché non sentii la voce di una donna russa dire con felice interesse: «Oh mio Dio, è Flynn? Sembra che abbia incontrato qualcuno anche al concerto di ieri sera.»

CAPITOLO QUATTRO

Flynn

Avrei voluto uccidere Sasha e Maxim per l'interruzione. Erano un'altra coppia del Cremlino: coinquilini di Story e Oleg. Venivano spesso ai nostri concerti, ma la sera precedente non li avevo visti. Maxim era in alto nella gerarchia della bratva, forse era il secondo in comando. Sasha era un'attrice. Indossavano tute da jogging e avevano il fiatone; ovviamente erano venuti lì a correre. Nadja scese dalle mie ginocchia e si mise in piedi. Non la imitai, perché avevo bisogno di un momento per gestire l'erezione.

«Nadja!» ansimò Sasha quando si rese conto che la ragazza che stavo palpeggiando sulle mie ginocchia non l'avevo rimorchiata a caso dopo lo spettacolo. «Non ti ho riconosciuta con la nuova acconciatura. Stai benissimo!»

Maxim mi lanciò un'occhiataccia e ringhiò «Oh no» in un tono minaccioso, come se mi fossi appena schiantato contro la sua auto.

Di solito quei due mi piacevano. Sasha era divertente e simpatica, e Maxim era semi-accessibile quando c'era lei al suo fianco. In quel momento però sembrava che volesse prendermi a calci in culo. La storia della mia vita con quelli lì, ultimamente.

«Flynn.» Sollevò un sopracciglio. «So che sei un play-boy.» Indicò Nadja. «Ma non giocare con lei.»

«Ma non fa niente.» Nadja si fece una risata nervosa e respirò.

«Dico sul serio.» Mi stava puntando il dito contro.

«Maxim» protestò Sasha.

«No, no» si affrettò a intervenire Nadja. «Ho chiesto io a Flynn di fare sesso con me.»

Oh, Cristo.

«Come amici» chiarì. «Siamo amici con benefici.»

«Non riesco a capire per quale motivo abbiano bisogno di saperlo» mormorai.

«Va bene» disse Sasha, tirando il braccio di Maxim mentre indietreggiava. «L'hai sentita. È una scelta di Nadja.»

Maxim fece passare lo sguardo da me a Nadja e vice-versa, ancora accigliato. Apparentemente non aveva finito. Mi inchiodò con uno sguardo pericoloso. «Fai del male a questa ragazza, e io ti strappo via la spina dorsale dal corpo.»

«Immagini provocatorie.» Mi misi in piedi, alzandomi dalla panchina, l'erezione sotto controllo. «Non è la prima volta che mi minacciano di morte quando si tratta di Nadja.» Incrociai il suo sguardo, senza aggressività ma anche senza paura.

Volevano proteggere Nadja, cosa che rispettavo. Le era successo qualcosa di brutto; quello era abbastanza chiaro. Ma non avevano idea di cosa stesse succedendo tra noi due, e non era neanche affar loro. Inoltre, Nadja sapeva scegliere da sola.

«Già. Ogni ragazzo nell'edificio farà a turno per mangiarti il fegato, con tanto di forchetta e coltello.»

«Adesso basta» lo rimproverò Sasha, abbracciandolo alla vita e cercando di tirarlo via.

«Basta» disse Nadja con autorità. Doveva essere un tono nuovo per lei, perché sia Sasha che Maxim puntarono di colpo lo sguardo su di lei, sorpresi.

«Non voglio mancare di rispetto, ma l'unica persona che ascolterò riguardo a Nadja è Nadja.»

Lo dissi con fermezza, con un pizzico di sfida nello sguardo. Non ero stupido. Sapevo che avrei perso una battaglia contro quello lì, ma ciò non significava che sarei andato al tappeto senza provare a colpire.

Maxim mi contemplò per un momento. «Fai quello che credi, Flynn» disse. «Ti sto solo dicendo quali saranno le conseguenze se lei si farà male.»

«Annotato.»

«Ok, andiamo!» Sasha tirò via Maxim facendo a Nadja un saluto entusiasta e il pollice in su mentre se ne andavano.

«Mi dispiace» si lamentò Nadja, voltandosi verso di me. Un rossore le copriva le guance e la carnagione color crema.

Feci spallucce. «Va tutto bene.»

Non avevo intenzione di farmi irritare dalle persone che la tenevano d'occhio. Ero contento che avesse tanti salvatori.

Il telefono le squillò e si spaventò, come se nessuno la chiamasse mai. Mi annotai mentalmente di cambiare la cosa. Stavo già pianificando chiamate a tarda notte dal letto. Del tipo in cui ci si dice di tutto, tutti i pensieri e i sentimenti più profondi.

Si affannò a tirarlo fuori dalla tasca della giacca per rispondere. «Ciao, Adrian.»

Non riuscii a sentire le parole esatte del fratello, ma il

tono era forte e teso, come la sera, quando non l'aveva trovata fuori dal Rue's Lunge.

«Sono al lago con Flynn» disse.

Ci fu una pausa, e poi rilevai sorpresa nella risposta di Adrian. Parlò ancora un po', poi Nadja disse «Ok» e riagganciò.

Quando mi guardò di nuovo, aveva un sorriso malizioso. «Stanno uscendo di casa.»

Mi ci volle solo un secondo per cogliere l'allusione. Voleva tornare lì. Senza supervisione.

Le presi la mano. «Andiamo.»

Nadja mi camminava accanto con un passo leggero, lanciando occhiate nella mia direzione. Era eccitata, voleva fare sesso. Non facevo sesso pianificato a quel modo dalle medie. Sì, avevo iniziato presto. Avevo fatto molto sesso con molte ragazze diverse. Non si trattava di conquiste. Non stavo cercando di "farmele" né di aggiungere una tacca alla cintura. Era solo una cosa che accadeva naturalmente. Mi sentivo in sintonia con una, volevo condividere il piacere. Non mi affezionavo. Ero attento a garantire che anche loro non lo facessero.

Mia madre diceva che ce l'avevo nel DNA. Lei e mio padre si erano lasciati ed erano tornati insieme nove volte durante la nostra infanzia prima che finalmente decidessero di finirla per sempre, e sempre a causa dei tradimenti di papà. Con lui il sesso sembrava più una dipendenza. Come se desiderasse o richiedesse sesso per dimostrare qualcosa a se stesso. L'istinto mi diceva che in qualche modo era una cosa legata alla band. Non avevano mai sfondato, ma suonare nei Nighthawks gli aveva procurato delle donne, quindi usava il sesso per compensare i sogni infranti.

Ecco forse il motivo per cui non mi sforzavo mai troppo in nulla. Sentivo la frustrazione di mio padre e non volevo farne parte. Suonavo perché mi piaceva, non per arrivare da qualche parte. Il fatto che avessimo iniziato a guadagnare popolarità da quando avevamo fatto la collaborazione su YouTube con gli Skate 32 mi metteva quasi a disagio. Non volevo abituarmi al successo, nel caso in cui fosse evaporato lasciandomi deluso.

Non ero del tutto sicuro riguardo a cosa stessi andando incontro con Nadja. Cercavo di non pensarci troppo. Ero tipo da seguire il flusso: affrontavo le situazioni e improvvisavo, se necessario. Non avevo programmi riguardo alla situazione. Non ero venuto in cerca di una scopata, ma ero comunque felice di rendermi utile.

Quando tornammo all'edificio, le porte d'ingresso erano aperte. Il grande cane da guardia era seduto alla reception. Il ragazzo che mi odiava.

«Ciao, Majkl.» Nadja lo salutò con la mano e gli sorrise timidamente mentre entravamo, e quasi gli schizzarono via gli occhi dalla testa.

«Nadja» disse sorpreso. «Sei uscita.» Non mi piacque il modo in cui arrossì, sconcertata. Mi chiesi se la sua ansia potesse essere più pervasiva di quanto non mi fossi reso conto. Sembrava che non uscisse affatto. Solo che non aveva senso, perché era venuta ai miei concerti diverse volte. Lasciava sicuramente l'edificio.

«Sì.» Sembrava senza fiato. «Sono andata al lago con Flynn. Conosci Flynn? Degli Storytellers?»

Il gigante russo pesantemente tatuato annuì senza farmi neanche un sorriso.

«Ehi.» Alzai la mano. Non mi rispose. Vabbè. Seguii Nadja fino all'ascensore e lei tirò fuori la chiave magnetica per farci salire. «Pesante la sicurezza in questo edificio» osservai.

Un'ombra le attraversò il viso. «È un bene» disse. «Qui siamo al sicuro.»

Odiavo che non si fosse sentita al sicuro. La sicurezza era qualcosa a cui si aggrappava e di cui aveva bisogno. Volevo rimediare, ma non sapevo come se non continuando a distrarla nei momenti in cui aveva paura. Proprio come distraevo mia madre dal suo dolore. La baciai di nuovo, perché sembrava sempre funzionare, e lei si alleggerì. Quando la porta dell'ascensore si aprì, volò via ridendo fino a rimanere senza fiato.

«Dai.» Si guardò alle spalle con un sorriso mentre correva verso il suo appartamento.

La seguii dentro, fischiando quando vidi la vista dalle finestre che andavano dal pavimento al soffitto. «Accidenti, bello questo posto.» Mi guardai intorno mentre mi toglievo la giacca di pelle e la sistemavo sullo schienale del divano.

Avevo visto l'appartamento di Story, composto da una sola camera da letto collegata all'attico dell'ultimo piano, dove viveva un gruppo di leader della bratva. Aveva tutti i lussi, ma avevo pensato che fosse perché il proprietario dell'edificio viveva lì. Ora ero convinto che ogni appartamento dell'edificio fosse super accessoriato. Questo non era enorme, ma aveva una grande zona giorno aperta con una cucina a sinistra e il soggiorno davanti. La cucina disponeva di ripiani in granito e pensili costosi.

«L'affitto deve costare una fortuna.» Non riuscivo nemmeno a indovinare quanto – diecimila al mese, per un grattacielo di Chicago con vista sul Lago Michigan?

«Non paghiamo nulla» disse Nadja. «Ravil ha dato a Adrian l'alloggio quando si è unito alla bratva.»

«Ottimo.» Non volevo nemmeno pensare a cosa Adrian dovesse fare per quel tizio. Si era sicuramente venduto l'anima.

«Ravil si prende cura della sua gente.»

«Sì.»

Lasciò cadere il cappello e la giacca accanto alla mia.

«Vuoi vedere la mia stanza?»

Colsi di nuovo quel pizzico di audacia in lei, e mi venne da sorridere mentre la seguivo in una grande camera da letto. Sembrava avere anche enormi finestre, ma le serrande erano completamente chiuse. La stanza era piena di tessuto e c'era una macchina da cucire sulla scrivania.

«Cuci?» All'improvviso tutto aveva senso – molti dei suoi vestiti avevano un look unico nel loro genere, con tagli speciali o pezzi di tessuto aggiunti. Come i leggings di oggi: probabilmente aveva fatto lei stessa i tagli.

«Sì. In Russia ho studiato fashion design; facevo modifiche ad abiti da sposa.»

Diedi un'occhiata alla bacheca, che aveva decine di immagini strappate da riviste di moda e schizzi disegnati a mano.

Scorsi il disegno di un ragazzo con una chitarra. «Sono io quello?» Lo staccai per guardarlo bene. Invece del mio solito abbigliamento casual hipster, il ragazzo aveva un look leggermente punk, più simile a quello che Story sfoggiava durante gli spettacoli. Jeans skinny neri e una camicia rossa senza maniche con colletto rovesciato.

«Oh! Ehm, sì.» Afferrò il disegno e lo accartocciò.

«Ehi» protestai.

«Voglio curare lo styling della band, se fate un altro video» disse d'impulso gettando il disegno nella spazzatura. «Ho delle idee.»

«Sì» dissi. Rimase di stucco, come se non si aspettasse che fossi subito d'accordo.

«Sì? Posso?»

Feci spallucce. «Certo. Sì. Voglio dire, non so quanto possiamo pagarti. Stiamo solo iniziando a guadagnarci da vivere con i concerti.»

«No, *net*. Non dovete pagarmi. Voglio farlo. Me lo

permetterai?»

Ridacchiai. «Certo.» Feci spallucce. «Non so quando faremo un altro video, però.»

Sbatté le palpebre. «Indosseresti i miei abiti a un concerto?»

«Forse… non lo so, i nostri concerti sono piuttosto informali.»

Si morse il labbro inferiore, e mi sentii uno stronzo. «Sai chi ha sempre bisogno di nuovi costumi, però?»

«Chi?»

«Le ballerine di burlesque: le Black Velvet Burlesque. Si esibiscono al Rue's Lounge il venerdì sera – no, ora il giovedì, prima era il venerdì. Ci sei mai stata?»

«Non so nemmeno cosa sia.»

«Il burlesque? È fantastico. Direi che è un incrocio tra una performance artistica e lo spogliarello. Piuttosto piccante. A volte divertente. Sempre divertente.»

Quando Nadja mi fissò con sguardo vuoto, le dissi: «Devi vederlo di persona. In settimana ti ci porto, ok?»

Annuì con entusiasmo. «Sì, con piacere.»

Eh. Sembrava un appuntamento. Non che il caffè della mattinata e la passeggiata al lago fossero altro. Io non andavo letteralmente mai agli appuntamenti. Era una delle linee che non attraversavo. Non illudevo le ragazze, il che significava che il sesso era solo sesso. Niente appuntamenti come preliminari né altre finte relazioni di merda. Non ero tagliato per le relazioni, quindi non davo alle donne l'impressione di rimanere nei paraggi.

Ma io e Nadja eravamo amici. Amici con benefici.

Andavo a prendere un caffè o a vedere uno spettacolo con Ty o Lake. Quindi non c'era niente di sbagliato nel portare Nadja a vedere uno spettacolo di burlesque.

Tuttavia, sentii risuonare i campanelli d'allarme, gli stessi di quando avevo accettato il piano degli amici con benefici. Come se ci fosse un problema che non riuscivo a vedere. Qualcosa che mi sarebbe venuto addosso facendomi rendere conto di aver fatto un casino.

Per il momento, però, non riuscivo a vederlo. Tutto quello che vedevo era la bellissima Nadja, che si toglieva gli stivali, che voleva il mio aiuto per trovare il piacere.

E io intendevo assicurarmi che lo trovasse.

Mi tolsi le Converse alte e aprii un poco le serrande per far entrare la luce.

«Non vuoi farlo al buio?» Nadja contorse le mani davanti alla vita, e io gliele presi.

«Voglio vederti. Tu però vuoi farlo al buio?»

«No» disse rapidamente. «No. Odio il buio. Io...»

Vedendo che si stava infilando in un posticino sgradevole, la tirai contro il mio corpo e la baciai di nuovo. Avrei potuto baciare quella ragazza tutto il giorno e tutta la notte. Con alcune donne saltavo completamente la parte dei baci o la superavo rapidamente per andare dritto al clou. Ma con Nadja sembrava che ci fosse ancora tantissimo da scoprire. Come se fossi di nuovo lo studentello delle medie che stava ancora imparando cosa significasse baciare. Mi meravigliai della morbidezza delle sue labbra, della reattività. Mi bevvi il suo sapore di caffè, sbalordito dall'onore di avere il suo corpo contro il mio.

Rispose ai baci, in punta di piedi, infiammandosi di più. Iniziò a emettere piccoli versi, come eccitata o impaziente. Le sfilai il maglione dalla testa e lo buttai a terra. Il reggiseno era la cosa più carina che avessi mai visto: coppe color pesca ricoperte di pizzo nero trasparente e un piccolo fiocco di raso tra i seni.

«Oh mio Dio, cos'è questo, Pesche? Quanto sei carina...» Piazzai le mani intorno alle coppe del reggiseno e le strinsi, e lei fece una risata roca.

«Tanto...» La baciai dalla mascella lungo il lato del

collo. «Accidenti...» Infilai il dito sotto la bretella del reggiseno e la tirai giù per il braccio per baciarla dalla clavicola fino alla spalla. «...carina.» Le diedi un grosso morso sulla spalla, abbastanza forte da farla sussultare ma sufficientemente delicato da non lasciare segni. Slacciai i ganci del reggiseno e feci scivolare l'altra bretella dalla spalla, in modo che cadesse sul pavimento. I seni erano pallidi e con la punta color pesca. Si innervosì quando guardai, così la girai verso la finestra affacciata sul lago. Afferrai entrambi i seni tra le mani e strinsi, facendole diventare duri i capezzoli tra i pollici e gli indici mentre la baciavo lungo il lato del suo collo e le mordevo l'orecchio.

«Dimmi cosa vuoi, Pesche.»

Annuì. «Voglio farlo.»

Ah. Ok, non sapevo che farlo o meno fosse ancora in discussione. Buono a sapersi. «Come lo vuoi, Nadja?»

Scosse la testa. «Non... non lo so.»

«Va bene» dissi. «Non è necessario che tu lo sappia.» L'accarezzai con il palmo sulla pancia piatta, poi mi spostai di nuovo giù, infilandole la mano nei leggings. Ricominciai dalle mutandine, mettendo la mano sul monte di venere. Il tessuto delle mutandine era sia liscio che ruvido. Raso e pizzo.

«Ah, Pesche. È un completino?» Le avevo spinto i leggings lungo i fianchi per dare un'occhiata.

Dannazione.

«Quanto sei sexy...» Mi accucciai per toglierle leggings e calzini dai piedi, lasciandola con le sole mutandine. Poi trascinai la lingua fino all'interno della coscia, partendo dalla caviglia e facendomi strada con colpetti e morsi e succhiando brevemente fino all'apice delle cosce.

«Vuoi la mia bocca qui, bella ragazza?»

Si sforzò di deglutire. «Ehm...»

Aspettai, perché sembrava insicura.

«Non lo so.»

Aprii la bocca e le morsi la figa attraverso le mutandine.

«No» disse rapidamente, e mi tirai subito indietro. «Ehm, voglio solo... a... ehm, sai.» Agitò la mano e disse qualcosa in russo.

«Parla con me, Pesche.»

Sfrecciò verso il letto e ci salì. «Facciamo... sai...»

«Potremmo aver bisogno di lavorare sul tuo linguaggio sporco» la canzonai, seguendola a letto. Mi sfilai maglione e maglietta dalla testa e li buttai a terra insieme ai vestiti di Nadja.

Il mio cazzo era più duro di una roccia, perché Nadja era un sogno bagnato vestita solo delle mutandine, ma lasciai su i jeans per il momento per ricordare a me stesso che non lo stavamo facendo per me. Ma per lei.

Mi sarebbe piaciuto farla venire solo con la bocca o con le dita. Darle un po' di piacere senza che sentisse il bisogno di ricambiare.

«Non conosco il linguaggio sporco nella tua lingua...»

La zittii con un bacio. «Scherzavo.» La baciai di nuovo. «Ti stavo solo prendendo in giro. Sei perfetta, Pesche.»

Mi abbracciò e mi tirò giù sopra di lei per altri baci. Premetti la coscia tra le sue gambe per darle un po' di attrito mentre infilavo la lingua tra le sue labbra.

Mi baciò di nuovo, appassionatamente. Affanno-samente.

E poi, d'un tratto, fu troppo affannoso.

Ci fu un selvaggio e folle miscuglio di arti, unghie e capelli volanti mentre una Nadja ansimante combatteva per trovare una via d'uscita da sotto di me.

«Nadja. Aspetta. Stai bene?» Faceva fatica a respirare, aveva il viso rosso. «Nadja, piccola. Vieni qui, lascia che ti aiuti.»

Troppo tardi, però. Era totalmente impazzita. Scese dal letto e corse fuori dalla stanza.

Nadja

Non riuscivo a respirare.

Bljad'. Bljad'. Bljad'.

Parti di macchinari metallici si scontravano e mi sbattevano tra le orecchie.

Maglie di catene schioccavano.

Corsi in bagno, mentre il terrore prendeva possesso di tutto il mio corpo. Tremavo dappertutto, gelavo e non riuscivo a inspirare.

Sapevo che era Flynn, volevo stare con Flynn, ma poi all'improvviso qualcosa mi aveva trasportata di nuovo alla fabbrica di divani, e c'era l'uomo con il sigaro sopra di me, che mi soffocava. Mi copriva la bocca in modo che non potessi respirare.

Bože moj, che imbarazzo. E che straziante delusione. E ancora non riuscivo a respirare. Mi sforzai di riprendere il controllo del mio corpo, ma non collaborava.

«Nadja!»

Argh. Flynn mi stava inseguendo dentro. Cercai di chiudergli la porta, ma lui gettò il braccio tra la porta e lo stipite, impedendogli di chiudersi. Abbandonai il tentativo di escluderlo e tornai alla preoccupazione più pressante: respirare. Rifiutare l'assordante rumore del metallo che sbatteva.

Ma non volevo che Flynn mi vedesse in quello stato.

Accidenti, volevo vivere la mia fantasia in cui io e Flynn facevamo l'amore e gli atti violenti non consensuali nel mio passato svanivano.

«Ti prego» sussultai. «*Požalujsta...* per favore.» Afferrai il ripiano del bagno e appoggiai la testa, cercando affannosamente di respirare. Mi ballavano le stelle davanti agli occhi. La stanza iniziò a girare.

Sentii la porta d'ingresso aprirsi e chiudersi, ma non registrai il rumore. Non fino a quando non sentii il crepitio di un pugno sulla carne e vidi il corpo di Flynn sbattere contro il muro del bagno.

«Smettila!» urlai in russo, gettandomi tra il mio fratello molto incazzato e un Flynn ferito.

Capivo perché Adrian lo aveva attaccato. La scena doveva sembrare davvero brutta, con me con indosso solo le mutandine che imploravo Flynn di lasciarmi in pace, ma per l'amor di Dio!

«Fermati» ripetei in russo, scoppiando in lacrime. Fui grata dei singhiozzi, perché almeno mi smossero il respiro. Mi resi conto di aver lottato per inspirare tutto il tempo, ma senza riuscirvi perché non permettevo al fiato di uscire. I polmoni erano già pieni di aria vecchia. Non sapevo nemmeno respirare. Ecco quanto ero disconnessa dal mio corpo. Non c'era da meravigliarsi dopo quello che mi era successo. Avevo dovuto abbandonarlo per mantenere la sanità mentale, in quei mesi in cui ero stata incatenata nel seminterrato della fabbrica di divani, sfruttata come schiava del sesso in un Paese di cui non parlavo la lingua.

Avrei dovuto parlare con Flynn. Per scusarmi. Ma ero troppo imbarazzata. Terribilmente, orribilmente umiliata.

L'avevo invitato io. Che cazzo di assurdo casino. Gli avevo chiesto io di fare sesso con me come favore, poi ero andata fuori di testa, e poi mio fratello gli aveva dato un pugno in faccia.

«Lo uccido.» Adrian era ancora pieno di furia.

«*Aspetta.*» Kat lo abbracciò da dietro, cercando di trattenerlo. Come se fosse in grado di fermare mio fratello.

Flynn si rimise in piedi. «Amico, ma che cazzo!»

Adrian cercò di lanciarsi verso di me, ma io lo bloccai.

«Ti avevo detto che ti avrei ucciso se l'avessi toccata.»

Flynn era meno preoccupato per Adrian che per me. Tirò giù un asciugamano dal portasciugamani e me lo posò sulle spalle. «Nadja.» Cercò di girarmi, ma io non riuscivo a guardarlo. Mi allontanai, cosa che attivò ulteriormente Adrian.

«*Net.* Non parlarle, cazzo» ringhiò Adrian.

«Uscite!» singhiozzai. «Tutti quanti!»

«Adrian, stai peggiorando le cose. *Non sei d'aiuto*» disse Kat.

«Vuoi che esca, Nadja?» chiese Flynn a bassa voce. Aveva un vero talento per minimizzare le cose. Adrian diventava più forte, ma Flynn più morbido. Mi silenziava il metallo nella testa, perché dovevo sforzarmi per sentirlo.

«Sì» bofonchiai. «Per favore.» *Odiavo* che mi vedesse così. Era proprio imbarazzante.

«Andiamo.» Kat tirò il braccio di Adrian. «Intende anche noi. Lascia andare Flynn.»

Entrai nella doccia non perché avessi intenzione di usarla, ma per nascondermi da tutti. Mi sedetti con il culo sul pavimento di piastrelle, mi tappai le orecchie e dondolai, cercando di calmare lo stridio e il rumore degli ingranaggi meccanici che mi giravano nella testa. «Nadja.» Flynn divenne ancora più morbido. Si accovacciò fuori dalla doccia, dandomi spazio e prendendo una delle mie mani. Mi aspettavo che mi chiedesse se stavo bene, o mi dicesse che andava tutto bene, o che facesse qualcosa che avrebbe implicato che parlassi, ma non disse nulla. Mi strinse le dita e aspettò un attimo, poi le lasciò, si alzò e se ne andò. Nel momento in cui si allontanò, mi morsi la mano con un singhiozzo.

CAPITOLO CINQUE

Flynn

Kat trascinò Adrian fuori dal bagno fino al soggiorno, dove mi guardò con veleno quando uscii. «Esci» ringhiò, e mi lanciò addosso camicia, maglione e giacca.

Esitai, perché non volevo lasciare Nadja così. Volevo stare con lei finché non le passava. Sedermi accanto a lei e tenerle la mano e distrarla con qualcosa di buono che la aiutasse a riprendersi. Ma lei aveva detto che mi voleva fuori, e sospettavo che Adrian mi avrebbe preso a calci in culo se avessi cercato di rimanere.

Cazzo, mi aveva tirato un pugno forte. Non gli avrei dato la soddisfazione di vedermi strofinare la mascella, anche se stava iniziando a pulsare.

«Non hai capito con cosa hai a che fare qui. Non può farlo con te. Ora esci.»

Esitai un attimo ancora, poi lasciai l'appartamento. Entrai nell'ascensore e premetti il pulsante per il parcheggio sotterraneo.

Sinceramente, non mi interessava di essere stato preso a pugni.

Ero traumatizzato dalla crisi di Nadja. Volevo aiutarla. Risolvere tutto.

Accidenti, ora ero cento volte più preso dall'assicurarmi che ottenesse tutto ciò che voleva dalla nostra non-relazione.

Aveva bisogno di guarigione sessuale? Ero il suo uomo.

Aveva bisogno di un amico? Sarei stato con lei nel bene e nel male.

Diavolo, se avesse avuto bisogno di un fidanzato, sarei stato anche quello per lei.

Non mi concessi il tempo di esaminare quel pensiero, perché era irrilevante. Non voleva un fidanzato. Stava cercando di vivere alla giornata.

Le porte dell'ascensore si aprirono ed entrai nel garage. Qualcosa della crisi di Nadja mi fece sentire il bisogno di chiamare mia madre. Presi il telefono e recuperai il suo numero mentre andavo al furgone.

Quante volte ero stato con lei in momenti come quello? Decine. Forse di più. A sedici anni ero stato io a portarla al centro di trattamento psichiatrico per farla ricoverare, perché Story aveva l'influenza. Ero andato a trovarla lì. Ero stato con lei quando era uscita. Gli episodi erano spaventosi quando ero piccolo, ma avevo imparato gestirli. Starle accanto. Tenerle la mano. Distrarla. Appoggiare la testa sulla sua spalla.

«Flynn! Come sta il mio figlio maschio preferito?» rispose. Ero il suo unico maschio, quindi era una sua battutina.

«Ciao, mamma. Sembri in forma.» Aprii la portiera del furgone e mi misi al volante, ma senza avviare il motore.

«Sto bene. Il mio amico Dan ha passato la notte qui.»

Intendeva fidanzato. Mia madre non era per niente in grado di fare sesso occasionale come me e mio padre. Si affezionava e poi le spezzavano il cuore. Era difficile stare a guardare.

Cazzo, per fortuna né Story né Dahlia – le mie due sorelle – avevano preso da lei.

Story era più simile a me, ma ora entrambe avevano relazioni serie.

«È fantastico, mamma. È ancora lì?»

«Sì. Sto facendo i pancake. Vuoi venire?»

«Eh, no. Non voglio interrompervi. Divertiti con Dan.»

«Aspetta *un attimo*. Cosa ti succede, tesoro?»

«Ho chiamato solo per sentire la tua voce.»

«Ah. Io ti voglio bene, Flynn. Ma non puoi ingannarmi, lo capisco quando hai qualcosa.»

Assentii con un grugnito.

«Che c'è? Cos'è successo?»

«C'è una ragazza...»

«*Ah.*»

Mi risentii della sorpresa nella voce di mia madre, anche se era pienamente giustificata. «Siamo solo amici» chiarii. «Lascia stare.»

«Aspetta un secondo.» Tirò fuori il tono di voce da mamma che mi faceva ancora raddrizzare e prestare attenzione anche se avevo ventidue anni. «Parlami di lei.»

«È russa, come Oleg. Vive nell'edificio di Story e viene ai nostri concerti. Mi piace molto.»

«Vai avanti.»

«Beh, le è successo qualcosa di brutto, come una specie di violenza sessuale. Ha avuto un attacco di panico quando eravamo, ehm...»

«*Ah.*» Mia madre interpretò correttamente la mia esitazione. «Flynn, tesoro, te l'ho già detto in passato. Non devi fare sesso con ogni ragazza che ti piace. Alcune possono anche rimanerti amiche.»

Grugnii. Non era quello che volevo che dicesse.

«Sei un bravo ragazzo. Ti piacciono tutti quelli che incontri. Sei socievole con tutti. Il sesso non è l'unico modo per dimostrarlo.»

«Accidenti, grazie, mamma.» Non avrei proprio dovuto sollevare la questione.

«No, ascoltami. Sembra che questa ragazza stia già lottando emotivamente. Non ha bisogno che le incasini testa e cuore. Magari non provare ad andarci a letto, ok?»

Qualcosa mi trafisse il petto e aprì una ferita che non sapevo nemmeno di avere.

Perché tutti erano così sicuri che avrei fatto del male a Nadja?

Di solito non facevo del male alle donne. Per niente. Ero onesto. Comunicavo. Chiarivo le mie intenzioni. E nelle mie intenzioni c'era spesso… il fatto che non ci sarebbe stato nulla. Così vivevo la mia vita. Non mi impegnavo troppo, perché grandi sogni equivalevano a grandi delusioni.

Regola che avevo imparato da mio padre.

Non mi impegnavo nelle relazioni. Non mi impegnavo nella carriera. Neanche con la band. Ero convinto che fosse proprio quel flusso ad aver creato il nostro attuale successo. Insomma, non saremmo stati in grado di realizzare da soli quello che era successo con la collaborazione degli Skate 32. Era stata una botta di culo che Chelle e Nikolaj avessero portato le star dello skate di YouTube a vedere lo show e che loro avessero voluto collaborare in un paio di video per i fan. Quindi forse quella era la risposta. Qui mi stavo impegnando troppo. Non riuscivo a sistemare le cose per Nadja, e ogni volta che cercavo di avere successo in qualcosa la situazione si complicava.

«Sì, hai ragione» dissi a mia madre.

«Cos'altro ti sta succedendo?» chiese.

«No, tutto qua. Vai a mangiare i pancake. Ti voglio bene, mamma.»

«Anch'io ti voglio bene, tesoro. Vieni a trovarmi presto.»

«Sì. Va bene. Ciao, mamma.» Avviai il furgone e tornai a casa. Avevo vissuto con Ty e Lake finché Story non si era trasferita con Oleg, e poi avevo occupato il suo appartamento.

Entrai e lanciai le chiavi sul tavolo vicino alla porta. Era strano vivere da solo. Lo odiavo, perché ero un tipo socievole. Ero cresciuto con due sorelle e una mamma molto drammatica e instabile e un padre che portava i musicisti dentro e fuori casa a tutte le ore. Prosperavo nel caos. Ero anche un gran festaiolo, quindi l'appartamento era più un posto dove dormire che una casa.

Era un disastro: cartoni di pizza si affollavano sul tavolino. C'erano bottiglie di birra vuote dappertutto. E anche tre mozziconi di canna nel posacenere.

Dopo essere stato da Nadja, vedevo la casa con occhi nuovi.

O forse mi chiedevo come l'avrebbe vista lei, se fosse venuta.

Iniziai a raccogliere le bottiglie di birra e a gettarle nella differenziata. Chissà perché pensavo a una visita di Nadja. Non sarebbe venuta. Non avrebbe dovuto. Mia madre aveva ragione: che le mie intenzioni fossero pure o meno, fare sesso con Nadja era un errore. Il mio primo istinto era stato giusto. Tenerla nella friendzone. Soprattutto perché era la ragazza a cui tenevo più di tutte.

Nadja

Avevo rovinato tutto.

Che umiliazione.

Ci volle un'eternità – almeno quarantacinque minuti – prima che gli ingranaggi, l'iperventilazione e le lacrime si fermassero. Poi mi rannicchiai sul letto, incapace di muovermi. Kat preparò una camomilla e la portò nella mia stanza bussando piano alla porta. Quando la ignorai, entrò e la mise sul comò.

«Stai bene?» chiese dolcemente.

«No.» Mi rannicchiai sul letto, guardando attraverso le tende delle finestre aperte l'acqua azzurra. La vista del lago Michigan sembrava così estesa… così invitante.

Spesso tenevo le serrande chiuse perché il mondo sembrava troppo grande quando erano aperte. Ma Flynn oggi le aveva aperte, e la cosa mi faceva odiare l'idea di richiuderle. Mi aveva mostrato che c'erano possibilità oltre alla mia camera da letto. Eravamo persino andati fino al lago!

«Posso abbracciarti?»

Non ne avevo nessuna voglia, ma non volevo nemmeno rifiutare la nuova fidanzata di mio fratello. Era con noi solo da poche settimane, ma era già di famiglia. Lei era tutto il mondo di Adrian, e mi voleva bene fin dall'inizio. Non giudicava la mia situazione. Voleva aiutare. Sapevo che in parte era per il senso di colpa, perché era stato suo padre a gestire il traffico sessuale di cui ero stata schiava. Ma principalmente lo faceva perché era nella sua natura.

Mi girai a guardarla, e mi sedetti quando venne a sistemarsi sul letto per abbracciarmi. «Cos'è successo?»

«Niente.» Iniziai a piangere di nuovo. «Non lo so. Gli ho chiesto di fare sesso con me –come amici – e lui ha accettato. Ma mi si è messo sopra, e mi ha scatenato qualcosa. Sono andata fuori di testa, e poi Adrian gli ha dato un pugno. Quindi ora sono sicura che non vorrà mai più vedermi.» Mi coprii il viso con le mani. «Che umiliazione totale… »

«Non penso che sia vero» disse Kat. «Flynn sembrava davvero preoccupato per te.»

Gemetti.

«Adrian non avrebbe dovuto attaccarlo. Forse posso convincerlo a scusarsi.»

«No» protestai. «Adrian deve starne fuori. Non sono affari suoi.»

«Lo so, hai ragione» disse Kat. «Gliel'ho detto. È solo preoccupato per te, e cerca di proteggerti.»

«Ha mai pensato che la sua preoccupazione non mi aiuta? Penso che peggiori le cose.» Mi si offuscò la vista per le lacrime. Mentre pronunciavo quelle parole mi rendevo conto di quanto fossero vere. Era l'approcciò di Flynn, che mi diceva che stavo bene, che potevo uscire, che potevo andare fino al lago, a farmi credere che fosse possibile. Quando Adrian presumeva che non potessi fare nulla, gli credevo.

«Scusa.» Adrian si trovava sulla porta, un avambraccio tatuato appoggiato contro lo stipite, i muscoli sporgenti sotto la Henley.

Non era sempre stato così, così pericoloso e arrabbiato. Ero stata io a renderlo così.

Ci eravamo sempre guardati le spalle l'un l'altra. Nostra madre era morta di cancro quando eravamo piccoli, e nostro padre aveva annegato il dolore nell'alcol. Ci eravamo avvicinati perché eravamo tutto ciò su cui potevamo fare affidamento. Adrian si era impegnato molto per laurearsi in ingegneria, e aveva avuto un lavoro di manutentore sulle navi. Era sempre stato forte e pieno di risorse, ma il mio rapimento lo aveva trasformato in un assassino. Aveva fatto cose che non volevo sapere. Si era unito alla bratva per avere accesso alle risorse necessarie per trovarmi. E intanto era diventato una versione molto più oscura e mortale di sé stesso. Inspirai in un singhiozzo. «Non voglio più essere così.»

Il dolore marcò le linee intorno agli occhi di Adrian. Sapevo che voleva risolvere, ma la sua iperprotettività non aiutava.

«Devi lasciarmi fare questa cosa a modo mio.»

Corrugò la fronte. «Perché stai facendo un ottimo lavoro da sola?»

«Adrian» lo ammonì Kat.

«Scusa» disse. «Ma Nadja, pensi davvero stia funzionando?»

Forse aveva ragione. La mia strategia era stata un disastro totale. Ma ciò non rendeva comunque la sua opinione giusta. «Adrian, per favore, vattene. Voglio solo stare da sola» dissi.

Annuì e se ne andò. Kat esitò.

Mi arrivò un messaggio sul telefono. Non ricevevo quasi mai messaggi, quindi lo afferrai per guardare lo schermo, poi lo mostrai a Kat. «È lui.»

Tutta la lentezza nel mio mondo accelerò. Lo aprii.

«Dice *Ehi*. Che cosa significa?» Capivo la parola ehi, ma comprendere il contesto di un messaggio andava al di là del mio livello linguistico.

«Sta cercando un contatto.» Kat mi regalò un sorriso di incoraggiamento. «È solo un'apertura. Una sorta di invito perché tu gli risponda, ma senza pressioni.»

Proprio da Flynn. Mentre tenevo il telefono in entrambe le mani, parte del peso plumbeo sul mio corpo si sciolse.

Kat scivolò giù dal letto e lasciò la stanza mentre scrivevo *Ehi* in risposta.

Posso chiamarti? scrisse.

Il cuore tuonò; premetti il tasto di chiamata accanto al suo nome.

Rispose con la stessa parola che aveva scritto: «Ehi.»

«Ehi.»

Il calore mi inondò il petto, anche se si trattava solo di una parola. Sentire la sua voce cambiò il mio stato d'animo più velocemente di quanto sembrasse possibile. «Scusami per Adrian» dissi. «Stai bene?»

«Sì. Alla grande. Tu stai bene?»

C'era così tanta gentilezza nella domanda che dovetti combattere di nuovo le lacrime. Ma stavolta erano diverse. Non erano piene di amarezza e sconfitta. Era più l'acquolina in bocca che derivava dal sapere che qualcuno si preoccupava di me. «Sto bene» bofonchiai. «Mi dispiace, non…»

«Non dispiacerti» mi interruppe. «Non c'è nulla di cui dispiacersi. Mi hai detto che ti è successo qualcosa di brutto.»

Non disse altro, come per lasciarmi spazio e non fare pressioni con una domanda. Non stava chiedendo nulla, ma era disponibile, se ne volevo parlare.

«Sì. Mi è successo qualcosa di brutto» dissi. «Qualcosa di veramente brutto.»

«Sì.» Questo fu tutto ciò che disse. Ancora una volta, c'era un'apertura. Tanto spazio nella stanza, così tanti stimoli tra di noi. Non stavo soffocando.

Non raccontavo quella storia, mai. Ne avevo raccontato delle parti a Adrian, ma lui ne conosceva già il succo. Non avevo mai dovuto cominciare dall'inizio.

Qual era l'inizio? Ah. Ora ricordavo.

«Hai presente il negozio di abiti da sposa in cui ti ho detto che lavoravo?»

«Sì.»

«A volte facevo tardi. Avevamo degli ordini urgenti, e

gli abiti da sposa non possono essere consegnati in ritardo, no? Quindi una sera rimasi lì da sola fino a mezzanotte.»

Deglutii, non volevo andare avanti. «Chiusi. Mi avvicinai all'auto e qualcuno mi afferrò nel parcheggio.»

Sentii Flynn inspirare, ma non disse nulla.

«Lottai. Sapevo cosa si diceva: combatti per la tua vita, perché una volta che ti fanno salire su un veicolo nessuno ti vedrà mai più.» Le immagini mi lampeggiarono davanti agli occhi. I tre uomini che si avvicinavano. La luce che avevano usato per accecarmi. «Cercando di scappare, scivolai sul ghiaccio. Quando caddi, sbattei il ginocchio sul marciapiede.»

Buffo, fino a quel momento avevo dimenticato il ginocchio. *Gospodi*, si era gonfiato come un palloncino. Come la mia faccia: mi avevano colpita fino a quando non avevo perso i sensi. Respinsi la sensazione di tormento. Provavo tantissimi tormenti, ma quello sembrava il più vivido. La primissima violenza che mi era stata inflitta.

Mi schiarii la gola. «Poi, ehm, svenni. E quando mi svegliai, ero incatenata a un letto.» La mia voce sembrava provenire da lontano. Dovevo isolarmi dal mio corpo per raccontare quella storia. Un suono strano mi arrivò dal telefono; e il respiro Flynn era affannato, ma sembrò trattenersi dal dire qualcosa – qualsiasi cosa fosse. «C'erano altre donne. Non so quante.» Sopravvivemmo in quattordici. Ecco quante ne erano rimaste quando Adrian ci liberò. Ci avevano picchiate e drogate e avevano venduto i nostri corpi molte, molte volte.»

«No.» La voce di Flynn era un sussurro spezzato. Non volevo dargli tanto dolore. Era troppo per chiunque. Troppo orribile da raccontare. «Mi dispiace. Non dovresti sentire tutto questo. È che... non è un buon argomento di conversazione.»

Flynn non disse nulla, e supposi che fosse d'accordo, che fosse troppo per lui. Ma poi disse: «Dimmi il resto.»

«Il resto.» Inspirai profondamente ed espirai lentamente. «Ci misero in un container, su una nave.» L'equipaggio ci violentava ogni notte, tutta la notte, come pagamento del passaggio. Volevo morire. I miei giorni e le mie notti erano stati un lungo incubo. Poiché ci tenevano drogate, ero confusa, annebbiata e stavo male tutto il tempo.

«Cazzo.»

«In qualche modo, finimmo qui, a Chicago, nel seminterrato di una fabbrica di divani.»

«Cosa?» Flynn sembrava scioccato.

«Sì. Incatenata di nuovo alle cuccette. Con collari strozzatori e guinzagli. I clienti entravano e ci usavano lì.» Uno veniva appositamente per me ogni sera. Lo stesso uomo orribile. Quello con il sigaro. *Gospodi.* Non potevo dirglielo. L'immagine sbruffona dell'uomo grasso svolazzò davanti ai miei occhi, e sentii il tintinnio del metallo nelle orecchie. Per tenere a bada il panico, continuai a parlare. «Non uscivamo mai. Non vedevo mai la luce del giorno. Non sapevo dove eravamo, a parte intuire che eravamo in America per via della lingua parlata dai clienti.»

Flynn non disse nulla. Mi lasciò solo un lungo momento di silenzio perché andassi avanti, se volevo. Debolmente, in lontananza, sentivo ancora il tintinnio del metallo. La tensione al petto che precedeva un attacco di panico.

Andai avanti, desiderosa di arrivare alla fine della storia senza impazzire. Farla breve e superare il peggio. «Avevo perso ogni speranza. Pensavo che non saremmo mai state liberate. Io e le altre. Ma Adrian ci trovò.»

«Grazie, cazzo.»

«*Da.* Ci liberò tutte e diede fuoco al posto.»

Quando Flynn mi lasciò ancora spazio, gli riferii l'ultima, scioccante notizia. «Il padre di Kat era il capo dei trafficanti di sesso, e Adrian l'ha rapita per usarla come esca, in modo da uccidere suo padre.»

«Gesù» mormorò Flynn.

«Ma si innamorò, quindi la portò a casa.»

Sentii il respiro leggero di Flynn all'altro capo. Era con me. In ascolto.

«Suo padre è in attesa di processo in Europa, ma Adrian gli ha fatto pagare cinque milioni di dollari per lei prima che finisse in prigione, e noi tre ci siamo divisi i soldi.»

«Wow.»

La storia sembrava incredibile, anche se l'avevo vissuta. Sapevo che era tutto vero. «Quindi... ecco perché sono spezzata.»

«Non sei spezzata» disse immediatamente, come se fosse un dato di fatto. «Sicuramente non sei spezzata. Tutt'altro. Nadja, sei coraggiosa, brillante e piena di vita. Stai per uscire dalla tua crisalide. Vedo già le tue ali.»

«Cos'è una *crisalide*? Non conosco la parola.»

«Il bozzolo da cui proviene una farfalla.»

Sorrisi contro il telefono. «Grazie. Mi piace. Mi fai dimenticare quello che sono. O forse mi fai ricordare chi ero una volta. Ma non si può mai tornare indietro, vero? Quindi l'importante non è quello che ero prima, ma chi sarò.» Stavo divagando, ma Flynn sembrava esserci proprio per quello.

«Vedi? Sei una crisalide che sta per diventare farfalla.» Sentii dalla voce che stava sorridendo.

«Possiamo riprovarci?»

Quando Flynn esitò, il cuore mi saltò in gola e mi mozzò il respiro. Strinsi le coperte nei pugni e le tirai fino al mento. Avevo rovinato tutto. Perché avrebbe dovuto voler riprovare con me? Mi ero resa ridicola, e per i suoi sforzi era pure stato preso a pugni in faccia.

«Tutti pensano che finirò per farti del male» disse Flynn dopo alcuni istanti.

Non riuscivo ancora a respirare. Mi forzai ed espirai un po' tremante, ricordando come funzionava la respirazione. «Tu cosa ne pensi?»

«Che voglio farlo con te.»

Il mio cuore riprese a battere.

«E che non ti farei mai del male. Almeno non di proposito.»

«Ma?» Lo chiesi perché sentivo ancora esitazione nella sua voce.

«Ma io non mi imbarco in relazioni.»

Cercai di ignorare il calore che mi scorreva sul viso, le lacrime che volevano scendere di nuovo. Stava dicendo di no? Stavamo rompendo? Beh, non che potessimo rompere, perché non avevamo mai avuto nulla, tanto per cominciare. Mi aggrappai a quel fatto e ritentai. «Non sto cercando un fidanzato. Te l'ho detto. Non sono in condizioni di avere una relazione, comunque.»

«Sì, per me è uguale» disse Flynn.

«Perché non hai relazioni?» chiesi.

«Sono fonte di troppa pressione, e a malapena in grado di essere responsabile della mia vita.»

Percepii puzza di scusa, e avrei voluto parlarne, ma non mentre stavamo girando intorno al tema di noi due. «Hai mai avuto una ragazza?» Non era affar mio, ma gli avevo appena raccontato il mio più brutto segreto, quindi mi sembrava giusto chiedergli di dirmi qualcosa in cambio.

«Ne avevo una alle medie» disse. «Fu la prima.»

«La prima ragazza?»

Fece una risata roca. «Sì, ma intendevo la prima con cui ho fatto sesso.»

«E cosa accadde?»

«Le cose si fecero molto intense.» La voce di Flynn era bassa e roca, come se il segreto fosse destinato solo a me. «Era iperpossessiva e dava di matto se non la chiamavo tutti i giorni dopo la scuola o se facevo qualcosa con qualcun altro. Le cose sono andate piuttosto male, prima che rompessimo.»

«Immagino che tu sia il tipo di ragazzo a cui una ragazza vuole aggrapparsi» dissi. Capivo certamente il desiderio. Ritrovarsi nel campo di attenzione di Flynn era come crogiolarsi alla luce del sole. Era sicuramente uno che valeva la pena tenere. Ma non avrei mai voluto essere un'appiccicosa per Flynn. E non lo sarei stata.

E poi mi chiesi che cosa ci sarebbe voluto perché Flynn si sentisse in quel modo nei confronti di una ragazza. Che tipo di donna lo avrebbe fatto diventare possessivo come era Adrian nei confronti di Kat? Che tipo di donna avrebbe potuto portare Flynn a desiderare di stare con lei a tutte le ore del giorno? Di voler sapere dove si trovasse e cosa stesse facendo in ogni momento. Di voler essere il suo tutto.

«Quanti anni avevi quando avevi questa ragazza?» Non sapevo cosa fosse la scuola media in America.

«Quattordici.»

«Quattordici? Oh Dio» Risi. «Ero stupida anch'io con i ragazzi a quattordici anni. Non sono sicura che dovresti cancellare completamente le relazioni basandoti su quell'esperienza.»

Fece una risatina bassa. «Forse no, ma non sto cercando nulla di intenso.»

Ancora una volta, avrei voluto dirgli che erano stronzate. Non aveva paura dell'intensità. Era stato risoluto di fronte ai miei attacchi di panico. Di fronte a un pugno in faccia per aver cercato di calmarmi quando ero andata fuori di testa dopo aver tentato di fare sesso. Era l'opposto della paura. Volevo scoprire la vera ragione dietro la riluttanza ad avere una ragazza, ma non avrebbe dovuto interessarmi. Non volevo mica una relazione.

Finalmente ebbi abbastanza coraggio da sollevare di nuovo l'argomento del sesso. «Quindi è un no? Non ti biasimo per non volerci riprovare.»

«No, faremo sicuramente sesso. Sono totalmente a bordo.»

Il mio cuore saltò un battito.

«Sì?»

«Sì.»

«Quando?»

«Giovedì andiamo a vedere il burlesque, giusto?» mi ricordò.

Iniziai a sentire qualcosa che mi svolazzava nel petto. Avevamo un appuntamento. Un appuntamento del quale non ero stata totalmente certa.

«Sì.»

«In settimana, giovedì, abbiamo le prove degli Storytellers al Cremlino» mi disse.

Il mio cuore svolazzò al solo sapere che sarebbe stato lì pochi giorni dopo. Il giovedì era stato a lungo il momento clou della mia settimana per quei casuali – o talvolta orchestrati per sembrare casuali – incontri con Flynn nel corridoio prima o dopo.

«Potremmo uscire dopo le prove e poi andare allo spettacolo.»

«Sì» dissi, come se mi avesse chiesto di sposarlo. Non sapevo come vedere delle ballerine di burlesque sarebbe diventato sesso, ma non importava. Sarei stata con Flynn. In quegli ultimi mesi c'erano stati molti giorni in cui riuscivo a malapena ad alzarmi dal letto a causa della depressione e dell'ansia, ma quando ero con Flynn mi sentivo di nuovo viva.

«Ottimo. A giovedì.»

Giovedì. Ancora quattro lunghi giorni. «Sì, va bene. A giovedì.»

Attaccai e premetti il telefono sul petto. Avevo un appuntamento. Non era un appuntamento. Vabbè. Avrei visto di nuovo Flynn, e forse stavolta non sarei andata fuori di testa.

CAPITOLO SEI

Flynn

Giovedì, dopo le prove, rimasi in studio a provare nuovi riff alla chitarra. Quello che stavamo facendo con la band non sembrava più abbastanza. Anche quello che stavo facendo con la mia vita non mi sembrava abbastanza.

Sapere che Nadja stava andando avanti cercando di ricostruire la sua vita dopo che le era stata strappata tanto improvvisamente rendeva vuoto il mio approccio lacunoso alla mia.

Avevo portato addosso il peso del dolore di Nadja per tutta la settimana. Non era un peso. Sapevo di aver scelto io di accoglierlo. Ma, cazzo, non avevo potuto evitarlo! Gli occhi mi bruciavano e avrei voluto piangere come un fottuto bambino quando me lo aveva raccontato. E poi, quando mi aveva chiesto se potevamo riprovarci, ero stato ancora più in conflitto. Da un lato sembrava che mia madre avesse ragione. Nadja aveva troppo da fare emotivamente per forgiare una relazione in quel momento, in particolare se non sessuale.

Ma, naturalmente, come la prima volta che me lo aveva chiesto, ero stato incapace di negarle qualsiasi cosa.

Voleva sesso da me? Lo avrebbe avuto. Quanto ne voleva e per tutto il tempo che voleva. Ne avrei fatto la missione della mia vita, mi sarei accertato che ottenesse esattamente il tipo di sesso di cui aveva bisogno per riprendersi dal trauma. Ma non potevo fingere che conoscere la sua storia non mi avesse cambiato. Mi aveva cambiato eccome.

«Tu rimani?» mi chiese Lake quando vide che non stavo preparando la roba.

«Sì. Ah, aspetta, Story. Ho bisogno che usi la tua chiave magnetica in ascensore, così posso andare a prendere Nadja.» Scollegai la chitarra e la infilai nella custodia.

«Vai a prendere Nadja?»

Dannazione. Ty, Lake, Story e Oleg mi fissavano tutti ora, in attesa dello scoop completo. Feci spallucce, costringendomi a sembrare disinvolto, di solito il mio unico modo di essere. «Sì, vuole vedere lo spettacolo di burlesque da Rue.»

«Davvero?» Le sopracciglia di Story si strinsero, e improvvisamente mi resi conto che poteva essere a conoscenza della storia di Nadja. Accidenti a lei per non avermelo detto, anche se probabilmente non era il caso che me la raccontasse lei.

«Sì. Potrebbe fargli i costumi. E vuole curare lo styling, se decidiamo di fare un altro video.»

«Cosa?» chiese Lake. «In che senso?»

«È una stilista. Era il suo lavoro, in Russia. Ha delle idee per la band.» Chissà perché, ma mi sembrava disperatamente importante contribuire a definire Nadja come qualcosa di diverso da una vittima per tutti quelli che la circondavano.

«Ottimo» disse Ty.

«Wow, non lo sapevo» disse Story entrando in ascensore con Oleg. Li seguii. Ty e Lake ne aspettarono uno che scendesse. Quando le porte si chiusero, Oleg inserì la chiave magnetica e premette il pulsante per il piano di Nadja. Quando l'ascensore partì, Oleg mi disse qualcosa nel linguaggio dei segni. Guardai Story perché traducesse, ma lei emise un verso impaziente.

«Non imparerai mai se non ci provi, Flynn.» Diamine. Oleg, il suo gigantesco fidanzato bratva, si era fatto tagliare la lingua dal suo vecchio capo. Story aveva insistito sul fatto che tutti noi, incluso Oleg, imparassimo la lingua dei segni americana in modo da poter comunicare con lui. Non lo conoscevo abbastanza da aver imparato molto, ancora.

«Ok, riprova» dissi, guardandolo attentamente. L'ascensore si fermò al piano di Nadja. Oleg mi bloccò la strada e ripeté. L'unica cosa che riconobbi fu il segno che indicava *scusa*.

«Dice che si scusa, ma deve accompagnarti fino a quando non saprà che sei autorizzato a essere lì, dato che la chiave magnetica è la sua.»

«Ah» mormorai. Ci avviammo insieme lungo il corridoio.

«Lascia che ti chieda una cosa, Oleg. Se Adrian cerca di rompermi il culo per aver portato Nadja di nuovo fuori, tu da che parte ti schieri?»

Il viso di Oleg rimase impassibile, il che era normale per lui. Sapevo che la cosa faceva impazzire Story, perché rientrava fra le sue incapacità comunicative. Quando colse che Story lo guardava in attesa, disse qualcosa con il linguaggio dei segni.

«Dice che non lascerà che Adrian ti faccia del male.»

«Ok, non stavo chiedendo una guardia del corpo. Mi chiedevo solo se adesso devo preoccuparmi di entrambi.»

«Oleg non ti farebbe mai del male» disse subito Story.

Ero sicuro che lei ci credeva. Sapevo che Oleg non avrebbe mai fatto del male a lei, e il sentimento poteva anche estendersi a me, essendo suo fratello, ma sospettavo anche che la lealtà bratva fosse profonda.

Bussai alla porta di Nadja e Adrian aprì guardandomi male.

«Ho portato Oleg perché ti prenda a calci in culo se mi dai un altro pugno» dissi.

Lo sguardo di Adrian si spostò su Oleg.

«Scherzavo. È venuto perché non mi è permesso vagare in libertà per il Cremlino.»

Adrian sollevò il mento verso Oleg, cosa che interpretai come il segno che indicava che stava prendendo il controllo.

Buffo che solo perché Oleg non parlava la gente non gli si rivolgesse molto. Probabilmente la cosa faceva uscire di testa Story. Ecco perché ci spingeva tutti a imparare la lingua dei segni.

«Hai dato un pugno a Flynn?» chiese Story, scioccata. Mi scrutò il viso, e il suo sguardo individuò il livido ingiallito sulla mascella.

«Ah ah,» interruppi l'interrogatorio. «Non ho bisogno che tu mi difenda.» Mi sporsi e la baciai sulla testa, perché la mia sorella maggiore era molto più bassa di me.

«Voi potete andare ora. Ciao» dissi con tono acuto.

Adrian imboccò il corridoio e chiuse la porta come se non mi fosse permesso entrare in casa. Oh, cazzo. Avrebbe cercato di impedirmi addirittura di vederla?

«Non ho intenzione di scusarmi per averti pestato» ringhiò, il che in realtà mi rilassò. Significava che almeno sapeva che *avrebbe dovuto* scusarsi.

«No, fai quello che credi, fratello. Capisco. Nadja mi ha raccontato cosa è successo.»

Questo lo cambiò. Improvvisamente vidi tutto il peso degli orrori che aveva sopportato nelle rughe del suo viso, il peso sulle sue spalle robuste.

Proprio come io avevo portato il peso del suo dolore per tutta la settimana, e volentieri. Lui aveva convissuto con la cosa ventiquattr'ore su ventiquattro e sette giorni su sette, molto più tempo di me. Chi poteva biasimarlo per essersi imbufalito e aver cercato di cancellare eventuali fattori di stress aggiuntivi che le si presentavano?

«Quindi capisci perché non può accadere, specialmente con te.» Gesticolò indicando me e la porta. Superai la parte dello *specialmente con te*.

«Non è pronta. Non esce di casa.» L'accento di Adrian era diventato più marcato.

«Esce. È uscita.» Allargai le mani. «Con me è uscita.» Adrian aprì la bocca come per replicare, ma io proseguii. «Senti, so che la stai aiutando, che stai tenendo insieme i pezzi da quando l'hai salvata. Ma a un certo punto devi capire anche che stai trattenendo qualcosa.»

Adrian si tirò indietro come se gli avessi dato un pugno. «Che cosa?»

«Chi pensi che sia in questo momento. Nadja vuole cambiare. Non può farlo se continui a trattenere la versione rotta di lei al suo posto.»

Adrian abbassò le sopracciglia e arricciò il labbro superiore, ma proprio in quel momento Nadja spalancò la porta e chiese qualcosa in russo.

«Ciao.» Si rivolse a me col suo sorriso da raggio di luna e le viscere mi si raggrupparono nel petto. Era trafelata e felice di vedermi. Avrei voluto baciarla fino a farle perdere i sensi.

«Ciao. Stai proprio bene.» Aveva degli stivali alti fino al ginocchio e un paio di jeans neri e una maglia che si incrociava sul collo, entrambe le spalle nude. Il nuovo caschetto con riflessi rame le incorniciava perfettamente il viso. Era sexy.

Adrian brontolò qualcosa in russo e tornò dentro. Lo presi come un consenso al nostro appuntamento.

«Scusami per Adrian. Non ti ha minacciato di nuovo, vero?»

Scossi la testa. «No. È stato tranquillo.»

«Uhm.» Si strofinò le labbra. Portava il lucidalabbra, e mi venne voglia di scoprire che sapore aveva. «Prendo solo la giacca.»

«Fantastico.»

«Fantastico» rieccheggiò, con un sorriso accennato sul viso mentre scivolava di nuovo dentro. Poi aprì immediatamente la porta, mi prese la mano e mi tirò dentro. «Non devi aspettare in corridoio. Sei il benvenuto a casa nostra.»

«Ehi, Flynn» gridò Kat dalla cucina. Il suo accento era un interessante mix di inglese-britannico e slavo. Come se avesse imparato l'inglese nel Regno Unito, non lì. Era seduta sul bancone della cucina e leccava un cucchiaio con burro di arachidi. Aveva i lunghi capelli scuri raccolti in due codini, calzini bianchi alti fino alla coscia e una gonna da studentessa a quadri. Adrian si librò vicino a lei, indulgente ma protettivo. Ora che conoscevo la loro storia di origine, si era acceso il mio interesse.

«Non preoccuparti del coprifuoco.» Si aprì in un sorriso ampio e sfacciato. «Ci fidiamo completamente di te.» Era ironico perché sapevamo tutti che era il contrario, almeno dal punto di vista di Adrian, quindi risi. Kat mi piacque subito.

«Sì certo, l'ho capito subito» dissi seccamente.

«Sono pronta.» Nadja indossava una giacca di lana rosso vivo con una cintura in vita, e mi tirò verso la porta.

Disse qualcosa in russo, e io salutai con la mano Adrian e Kat mentre ce ne andavamo. Le presi la mano nel tragitto per l'ascensore. Non vedevo in lei il nervosismo che avevo visto l'ultima volta che eravamo usciti. Non mi stringeva la mano. Non era rilassata, ma i suoi modi erano più entusiasti che spaventati.

Come se mi leggesse nel pensiero, quando entrammo in ascensore disse «Penso che starò bene. Mi sento bene!»

«Stai benissimo.» Mi portai il dorso della sua mano alle labbra e lo baciai, inalando il suo profumo di caramello.

Ma cosa stavo combinando? Avremmo dovuto essere amici. Amici che facevano sesso. Gli amici con benefici si tenevano per mano e si scambiano piccoli gesti di intimità?

Ne dubitavo, ma non volevo fermarmi. Mi sembrava troppo giusto tenere la mano di Nadja nella mia. Godere della sua compagnia. Avere l'onore di posare le labbra sulla sua pelle.

«Se così non fosse, sai già che mi sta bene rilassarci nel retro del furgone per tutto il tempo di cui hai bisogno.»

Rise, proprio quello che volevo. «Non ne avrò bisogno.»

Sembrava fiduciosa, e accolsi con piacere la nuova Nadja. Non sapevo cosa l'avesse cambiata, ma sembrava decisamente diversa. Molto più felice.

C'è una forza vitale che scoppiettava e ribolliva in lei che prima non mi era sembrata così evidente.

La portai al garage e andammo da Rue nel furgone della band. Apparteneva sia a Story che a me perché ce lo aveva ceduto nostro padre quando avevamo formato la band, dato che era abbastanza grande da trasportare attrezzature e strumenti. Di solito lo guidavo io, ma avevo anche la moto e Story aveva una piccola Smart.

«Che tipo di musica ti piace?» le chiesi, cambiando stazione alla radio.

«La tua» disse.

«Ah, sei *davvero* una pesca, non è vero?» Continuai a

trastullarmi con la radio fino a quando non trovai una stazione pop e mi fermai. «Cosa ascoltavi in Russia?»

«Rock.» Mi guardò. «Hai sempre desiderato avere una band?»

Feci spallucce. «Sembrava una cosa naturale, a causa di mio padre. Non è stata tanto una scelta, quanto qualcosa di inevitabile. Io, Ty e Lake frequentavamo lo stesso liceo e fondammo la band. Pensavamo che una cantante donna sarebbe stata una buona attrazione, quindi chiedemmo a Story di farci da frontwoman.»

«È brava» concordò Nadja. «Ma mi piacerebbe sentir cantare te.»

«No.» Schivai immediatamente l'aspettativa come schivavo le relazioni. Non volevo ritrovarmi incastrato né dover provare troppo duramente. Ecco il leitmotiv della mia vita.

Ma Nadja mi pressò. «Perché no?»

«Non sono il tipo da fare il frontman.»

«Flynn, sai che la maggior parte del pubblico viene per te ora, non è vero?»

Qualcosa di scomodo si spostò nel mio epicentro. «Le ragazze» dissi. Non contavano come fan.

«E quindi?»

«E quindi non sono ossessionate dal mio talento; sono ossessionate dall'idea che hanno di me.» Le sorrisi. «Mi trovano sexy.» Feci l'occhiolino.

«Tu sei sexy.» Il suo sorriso in risposta mi fece indurire il cazzo.

Il fatto di conoscerla e il fatto che a breve avremmo fatto sesso rendevano molto difficile circoscrivere il rapporto a "solo amici". Quel pomeriggio ero anche rimasto più tempo sotto la doccia per farmi una sega, in modo da togliermi il sesso dalla testa. Ma dovevo comunque sforzarmi per non ricordare quanto fottutamente perfetta fosse con addosso solo le mutandine. In quel momento non l'avevo metabolizzato perché era sconvolta, ma ciò mica significava che l'immagine della sua gloria non mi fosse rimasta impressa negli occhi. Nel cervello. Pronta, da tirare fuori ogni sera e ogni mattina mentre mi sdraiavo a letto con il cazzo in mano. Aveva la pelle pallida, i capezzoli rosa pesca e una voglia rossa sul fianco. I seni erano pesche mature, la pancia morbida.

C'era posto nel parcheggio quando arrivammo.

«Lo spettacolo non inizia prima delle nove, ma ho pensato di entrare ora, in modo da incontrare gli artisti. Poi possiamo prendere la cena e tornare a guardare lo spettacolo, se vuoi.»

Nadja inspirò e annuì. «Suona bene.» Ci dirigemmo all'interno. Il Rue era un piccolo locale, un vecchio edificio di Chicago con pareti in mattoni a vista e soffitti a soppalco. Le ballerine erano sul palco a decidere le posizioni per un balletto. Non c'era ancora nessuno alla porta e Rue, la proprietaria, era dietro al bancone, con la cresta blu che la alzava di ben quindici centimetri.

«Come va, Flynn?» gridò.

Adoravo Rue. La proprietaria era di mezza età e aveva l'atteggiamento da mamma chioccia con tutti quelli che entravano nel suo bar. Il suo supporto in termini di spazio per le prove e i concerti in piedi era quello che ci aveva permesso di andare avanti con gli Storytellers. Il Rue era stato anche l'unico bar in cui io, Ty e Lake eravamo potuti entrare prima di compiere ventuno anni, perché Rue garantiva che eravamo nella band, anche se venivamo in una serata in cui non suonavamo. Di conseguenza, conoscevo tutti i clienti abituali e tutto il personale.

La serata burlesque era più nelle sue corde perché aveva una lunga relazione con Danica, la direttrice della compagnia Black Velvet Burlesque, da quando la conoscevo.

«Che ci fai qui?» mi chiese quando portai Nadja al bar. Adesso mi stringeva la mano, ma il posto era praticamente vuoto, quindi forse poteva farcela.

«Ho portato Nadja perché conosca Danica. Disegna costumi. Magari possono collaborare.»

«Oh, certo.» Rue mise un tovagliolo da cocktail di fronte a ciascuno di noi. «Cosa bevi?»

«Per il momento solo una bottiglia d'acqua» dissi. «Più tardi torniamo a vedere lo spettacolo.»

«Anch'io acqua» disse Nadja.

Rue sorrise. «Un'altra russa? Adoro il contingente russo del sabato sera. Mi sento sempre più sicuro quando c'è Oleg nei paraggi.»

«Sì, è temibile» concordai.

Nadja sorrise e annuì.

«Gli chiederei se gli va di fare il buttafuori come secondo lavoro quando suonate, ma credo che lo stia già facendo gratis.»

Rue aprì due bottiglie d'acqua e le mise sui tovaglioli, e io piazzai una banconota da cinque dollari sul bar.

«Giusto.»

La musica iniziò e le ballerine presero posto. Io e Nadja girammo gli sgabelli per guardare. Era un numero sexy con un'atmosfera da cabaret che comprendeva giganteschi ventagli di piume che le ballerine usavano per coprire varie parti del corpo mentre si toglievano i vestiti gradualmente. Per ora tennero i costumi, dal momento che si trattava solo di una prova, ma rendevano l'idea generale.

Nadja era affascinata. La guardai, controllando se la natura sessuale del numero potesse innescarle qualcosa, ma sembrava essere il contrario. Gli occhi le brillavano di gioia e sorrideva. Quando finirono la prova generale, vennero a salutarci.

«Flynn!» Amy, uno dei membri del corpo di ballo con cui – notiziona – ero andato a letto, mi chiamò e salutò mentre si avvicinava.

Non era l'unica con cui avevo fatto sesso. C'era anche Rebecca. E non ero andato a letto con Jane, ma c'era stato qualcosa.

Nadja si irrigidì mentre si avvicinavano, ma il respiro rimase normale.

Amy e Rebecca mi abbracciarono. Jane lanciò un'occhiataccia a Nadja.

«Signore! Lei è Nadja. Una stilista russa. È interessata a progettare qualcosa per il vostro show.»

«Non vi farei pagare» si affrettò a dire Nadja. «Sarebbe divertente per me avere un progetto per il portfolio.»

«Oh mio Dio, davvero?» smaniò Amy. Era così vicina che era praticamente seduta sulle mie ginocchia, cosa che, notai, stava facendo incazzare Nadja, quindi le diedi una piccola spinta per spostarla.

«Ciao, sono Danica» disse il loro capo tendendole la mano.

«Nadja.» Le strinse la mano.

«Siamo sicuramente interessate. Non abbiamo un vero e proprio budget per i costumi. La maggior parte delle ballerine ha messo insieme le proprie cose.»

«Capisco. Sarebbe gratuito. Solo un progetto per me.»

«Allora sei assunta.» Danica le regalò un sorriso.

«Wow.» Nadja mi guardò con occhi grandi e poi guardò di nuovo Danica. «È stato facile. Grazie.»

«Grazie a te. Cosa ti serve da noi?»

«Ancora niente. Stasera guardo lo spettacolo e poi inizierò con alcuni disegni.»

Danica afferrò un tovagliolo da cocktail e ci scrisse

sopra il suo numero di telefono. «Questo è il mio numero. Puoi mandarmi un messaggio o semplicemente tornare qui di giovedì.»

«Ottimo. Grazie!»

Amy tornò nel mio spazio personale, apparentemente ignara del mio disinteresse. Mi alzai per evitare che provasse di nuovo a posarsi sulle mie ginocchia.

«Torniamo per lo spettacolo tra un paio d'ore» dissi.

Nadja scivolò giù dallo sgabello e io le posai la mano sulla schiena per condurla fuori. Non appena fummo all'esterno mi chiese: «Ok, Flynn: quante?»

Nadja

Non sono gelosa, non sono gelosa, non sono gelosa.

Avevo dovuto dirmelo un centinaio di volte lì dentro.

«Cosa?» chiese Flynn innocentemente mentre mi portava in strada, ma sapevo che immaginava già cosa gli stavo chiedendo.

Aveva un'aria colpevole che in qualche modo odiavo. Non volevo farlo sentire in colpa. E sicuramente non volevo essere come ogni altra ragazza bisognosa della sua attenzione. Così mi forzai in una finta risata. «Con quante di quelle ragazze hai scopato?»

«Due» rispose.

«Solo due? Quali?»

«Amy, quella che stava cercando di sedersi sulle mie ginocchia, e Rebecca, la rossa che ti guardava male.»

«E quella con il taglio corto che mi guardava storto?»

«Beh, sarebbe stata la prossima.»

Flynn mi diresse il suo sorriso dispiaciuto, e io mi sciolsi nonostante la determinazione a non innamorarmi.

«È carina.» Cercai di essere obiettiva. La verità era che

la odiavo. Appassionatamente. Guardando il lato positivo, la gelosia e l'irritazione mi avevano tenuta ben salda. Non ero mai andata fuori di testa, nemmeno con tante persone troppo vicine. E ora passeggiavamo lungo il marciapiede affollato, passando a fianco delle persone. C'erano auto che sfrecciavano, ma nessuna di quelle cose sembrava costituire un fattore scatenante.

Ero con Flynn. Stavo bene.

«Scusa. Ti ha infastidita? Avrei dovuto avvertirti?»

Alzai le spalle con un movimento scattoso. «Certo che no. Siamo amici, ricordi?»

«Sì, ma gli amici non si feriscono a vicenda.»

«Non hai ferito i miei sentimenti» dissi immediatamente. Non volevo essere il tipo di ragazza da cui Flynn scappava. Volevo essere una che riusciva a tenersi vicino. Come amica, ovviamente. «Insomma, puoi fare sesso con chi vuoi. Con tutte quante.»

Lui aggrottò le sopracciglia, come se non gli piacesse che facessi la disinvolta. «Beh, sei la mia partner sessuale per la notte – cioè, se vuoi – quindi non devi mica farmi da spalla.»

Mi sembrò di sentire una traccia di irritazione nella sua voce, come se fosse infastidito dal fatto che non ero più gelosa. Ma non aveva senso. «Scusa. Non mi sembrava di averti fatto da spalla.»

Era infastidito. Lo capivo dal piccolo solco tra le sue sopracciglia. Mi trascinò in un vicolo e mi spinse contro un muro di mattoni. Non avevo paura. Non sentivo nessun innesco.

Mi piaceva vedere quel lato di Flynn. L'accomodante spavalderia era sparita. Quest'altra versione di Flynn era affamata. Un po' matta. Posò le mani sulla mia vita. Le sue labbra trovarono il mio collo e mi morse la pelle.

Ancora nessun innesco.

«Che stai facendo?» Risi, senza fiato.

«Voglio che mi cavalchi il cazzo. Stasera. Domani sera. Voglio dartelo così bene da costringerti a scacciarmi le ragazze di dosso.»

Mi lasciai sfuggire a una risata scioccata. «Pensavo che non ti piacessero le persone appiccicose.»

«Tu non sei appiccicosa. Tu sei tu. E voglio che tu mi voglia.» Trascinò la bocca aperta lungo mia gola. «Voglio che mi desideri così tanto da dimenticare tutto il resto. Ogni cosa di merda che ti sia mai capitata.»

Nemmeno il fatto che avesse menzionato la mia prigionia riportò indietro i malori o la paura.

«Andiamo» dissi.

Si tirò indietro per guardarmi in faccia con fare interrogativo.

«Mostrami il tuo cazzo magico.»

Rise. «Vieni a casa mia?»

«Sì» dissi subito. Forse poteva essere *l'occasione per tornare subito in sella*. Mi sarei sentita molto meglio se solo avessi saputo come fare. Che non ero completamente spezzata. Flynn mi afferrò la mano e mi tirò di nuovo in strada, in direzione del furgone, correndo un po', come se saltare nel suo letto fosse un'emergenza. E lo era.

Flynn Taylor quella notte mi avrebbe fatta rinascere. Ne ero assolutamente sicura.

CAPITOLO SETTE

Flynn

Avrei dovuto andarci piano.

Avrei dovuto stare attento. Cercare segnali di disagio.

Tutte cose che sapevo, ma che erano saltate fuori dalla finestra.

Tutto ciò che mi interessava era far uscire Nadja dai suoi dannati vestiti e metterla nel mio letto. La spogliai mentre andavo dalla porta di casa alla camera da letto, divorandole la bocca mentre la spingevo all'indietro.

Mi spogliò, mi tirò su la camicia e mi slacciò la cintura. Riuscii ad accendere una lampada in camera.

Avevo riordinato prima dell'appuntamento, quindi casa era presentabile. I suoi baci erano esigenti e avidi, quello che volevo da lei dal Rue. Strano quanto fossi geloso quando lei invece non era gelosa di me. Ero abituato alle ragazze che davano di matto a causa della competizione. Che cercavano di prendere terreno e picchettare la loro rivendicazione. Forse aveva ferito il mio orgoglio virile il fatto che lei non mi avesse reclamato. Certo, non lo avrebbe fatto. Eravamo amici con benefici. Ma ero rimasto sorpreso dal desiderio che avevo che lo facesse. Da quanto mi offendeva l'idea che volesse condividermi.

Io non volevo condividerla. Seriamente, avrei potuto prendere a pugni alla gola chiunque le si fosse avvicinato, incluso Majkl, l'enorme ragazzo all'ingresso dell'edificio bratva con cui era venuta al concerto quella volta. La spinsi contro il muro della mia stanza e aprii la chiusura anteriore del reggiseno nero.

«È una settimana che mi faccio le seghe pensando a queste tette» Gemetti quando si liberarono. «Sono pesche» affermai.

Nota mentale: avevo bisogno di comprarle delle pesche in modo che sapesse di cosa diavolo stavo parlando. Le presi il seno mettendo il pollice sul capezzolo mentre affondavo l'altra mano tra i suoi capelli, tenendole la testa ferma per altri baci piccanti.

Adoravo il suo profumo di caramello, le sue unghie che mi graffiavano la nuca.

Non riuscivo a pensare all'ultima volta che ero stato così appassionato con una donna. Avevo fatto un sacco di sesso da ubriaco, cosa forse un po' disperata, ma adesso era diverso.

Adesso era una passione da feromoni ubriachi. Avevo bisogno di più – no, di tutto – di Nadja, o sarei morto. Strofinò la zona tra le gambe sul mio ginocchio. Le infilai una mano nelle mutandine, succhiando il punto dietro la sua mascella mentre le aprivo delicatamente la carne. Era bagnata e liscia, e si scosse quando le toccai il clitoride.

Mi misi in ginocchio, strappandole via pantaloni e mutandine mentre mi abbassavo. Senza aspettare, come se la mia vita dipendesse dal far venire quella ragazza nei successivi venti secondi, le sollevai un ginocchio e succhiai un punto del suo interno coscia, poi mi riempii la bocca della sua figa succosa. Nessuna gentilezza. Nessun tratto di lingua delicato. Succhiai, leccai e aspirai ogni centimetro delle sue pieghe femminili. La penetrai con la lingua, la penetrai con due dita. Con la gamba agganciata sopra la mia spalla, le diedi ogni grammo di passione che conoscevo, tutto progettato per farla sentire bene.

«Flynn... Flynn.» Mi strappò via il berretto di maglia e mi tirò i capelli, premendosi il mio viso addosso per averne di più. La sferzai con la lingua mentre individuavo il punto g con le due dita, trovando il punto in cui il tessuto si irrigidiva e si sollevava sotto le mie dita.

Pompai dentro e fuori, colpendolo ogni volta, mentre giravo e contorcevo e succhiavo il suo clitoride.

Si strinse intorno alle mie dita con un grido. Senza darle il tempo di riprendersi, mi alzai e la raccolsi a cavallo della vita, portandola a letto.

«Stavolta voglio che mi vieni su tutto il cazzo. Ti va di farlo per me?» chiesi, togliendomi scarpe e pantaloni.

«*Da*. Sì. Lo faccio» promise, con le mani che mi viaggiavano sulle spalle e lungo i bicipiti.

Volendo farla sentire in controllo, arrotolai il preservativo sul cazzo mentre mi sdraiavo. «Sali, Pesche.»

Nadja

Lo stavo facendo. Ero totalmente nel momento. Totalmente con Flynn, che mi stava portando via con la sua passione sfrenata.

Il tizio del sigaro non era presente.

Non era tra noi. Mi misi a cavalcioni della vita di Flynn e posizionai il mio ingresso sopra il cazzo. Tenne ferma la base per me mentre mi alzavo e lentamente mi abbassavo su di lui. Adoravo che mi aveva messa al comando. Potevo avere il controllo. Ero sopra. Avevo spazio. Potevo respirare. Potevo gestire le cose secondo i miei tempi.

Mi sentivo decisamente al sicuro.

E, più di questo, mi sentivo viva. Accesa. Formicolante di eccitazione.

Il gemito di Flynn riecheggiò sulle pareti quando lo portai dentro di me. «Mi stai uccidendo, Pesche. È bellissimo.»

Le mie mani ricaddero sulle sue spalle robuste, i capelli mi scesero sul viso. Mi morsi il labbro mentre lo cavalcavo. Mi afferrò il culo per aiutarmi, tirandomi su e giù, incontrando il mio ritmo con le sue spinte verso l'alto.

Era così bello. Non avevo idea di quanto potesse essere bello. Gridai e buttai indietro la testa, i seni rimbalzavano mentre prendevo il suo cazzo più in profondità.

«Ecco, Nadja. Prendi da me ciò di cui hai bisogno.»

La figa sgorgava lubrificante. Le mie unghie segnavano la pelle di Flynn mentre lo cavalcavo più veloce, come se fossimo nel pieno di una corsa verso il traguardo.

Respiro affannato, denti serrati e una determinazione selvaggia alimentavano i miei movimenti.

«Da... da» piagnucolai, dimenticando quale lingua parlare.

«Prendilo, Nadja» mi incoraggiò Flynn, dandomi tutto il potere. Basando tutto sul mio piacere. Sul mio divertimento. «Usami per arrivare dove devi.»

«Ti uso» ansimai. «Ti uso! *Gospodi,* sì!» I miei movimenti diventarono irregolari e balbettai in russo e poi urlai. I miei muscoli interni si strinsero e pulsarono intorno al cazzo. Si spinse dentro di me, cercando il suo piacere ora che io avevo trovato il mio.

«Sì, Nadja. Cazzo, sì.» Le luci danzarono davanti ai miei occhi quando venne. La stanza divenne calda. Girò un po'. E quando la vista mi si schiarì, il mio viso si aprì nel sorriso più grande possibile. Ero totalmente trionfante.

Dovevo essere raggiante.

Flynn mi tirò giù per un bacio, e fu allora che capii: non avrei potuto rovinare di più la situazione.

Perché non volevo Flynn come amico.

Niente affatto. Volevo tutto da lui.

Cuore. Corpo. Anima.

Stavo volando come uno di quegli aquiloni che la gente porta lungo la riva del lago Michigan. Vivace. Lassù. Svolazzando e svolazzando ancora al vento.

Ero una donna nuova. Capace di intimità con un uomo. Capace di raggiungere l'orgasmo – due volte! Mi sentivo come se avessi appena vinto una gara. O la lotteria. Come se avessi completato un'impresa spettacolare che non avrei mai pensato potesse accadere a me.

Cavalcai i fianchi di Flynn e gli sorrisi. «Ce l'ho fatta.»

Lui sorrise in risposta. «Ce l'hai fatta. Ce l'abbiamo fatta. Sei bellissima.»

Mi faceva sentire bella. E, cosa ancora più importante, non mi spaventata che mi trovasse bella. Non volevo staccarmi dal mio corpo. «Sono felicissima.» Era un eufemismo. Ero decisamente estasiata. Flynn mi teneva i fianchi, e li ondulò sotto di me un paio di volte, con spinte soddisfacenti e poco ambiziose. Lo scavalcai, mi tirai su le mutandine e svolazzai per la sua stanza sulle gambe tremanti. Avevo appena fatto sesso. Avevo appena raggiunto l'orgasmo. Davvero, non sapevo nemmeno se sarebbe mai stato possibile provare di nuovo piacere sessuale, ma ce l'avevo fatta!

Curiosai su tutto quello che c'era nella sua stanza, volendo assorbire tutto ciò che era Flynn. Volendo in qualche modo aggrapparmi a qualcosa e mantenere quel senso di felicità che mi aveva sopraffatta. Era una stanza da maschi. Nell'angolo c'era una chitarra acustica. Sul comò una pipa di vetro soffiato per fumare erba, insieme a una tessera della biblioteca e una carta regalo di Starbucks. Aprii l'armadio e studiai i vestiti.

«Hai intenzione di farmi da stilista?» Girò la sua figura snella fino a scendere dal letto e si sbarazzò del preservativo.

«Me lo lascerai fare?»

Emise una risatina calda e roca. E mi innescò piccole esplosioni sotto le costole.

«Certo. Sì. Certo.»

Era così facile...

Tutto con Flynn era sempre facile.

Non c'era pressione. Non c'era un ordine del giorno. Anche quando le cose si riscaldavano durante il sesso, era dannatamente *presente* con me. La sua passione mi aveva portata avanti. O aveva acceso la mia.

Esaminai i vestiti nell'armadio. Per lo più camicie button-down, non quelle costose e dal tessuto spesso che indossavano Ravil e Maxim i, ma flanelle usurate e solo un paio di camicie eleganti. Aveva alcune paia di pantaloni da completo. Aprii i cassetti del comò e sbirciai dentro. Erano pieni di camicie e pullover più comodi, jeans e pantaloni kaki.

Flynn tirò su un paio di boxer e prese la chitarra, piegando il suo lungo corpo per mettersi a gambe incrociate sul letto. Iniziò a suonare. La luce della lampada gli sfiorava il viso, illuminando il suo bell'aspetto da ragazzo. Avrebbe potuto essere un video musicale: Flynn senza camicia e felice, intento a suonare musica sul letto dove aveva appena fatto l'amore. Anzi...

«Aspetta.» Tirai fuori un paio di pantaloni del pigiama di flanella dal comò. «Mettili su.»

«Va bene.» Non mi chiese perché. Non protestò. Scese

dal letto per indossare i pantaloni. «E adesso?»

Accesi un'altra lampada. «Torna a letto e suona.»

Si chinò e mi sfiorò con le labbra il naso. «Mi piace quando fai la prepotente.»

Risi. «Non sono prepotente. È che mi è venuta un'idea.»

«Quale?»

«Tu suona la chitarra, come stavi facendo.»

Trovai il suo telefono dove lo aveva lasciato cadere insieme alle chiavi e aprii TikTok. Flynn aveva un profilo. Lo sapevo perché lo seguivo. Non pubblicava spesso − di solito solo clip dei concerti dal vivo − ma aveva un discreto seguito grazie ai video degli Skate 32 e alla crescente fanbase locale degli Storytellers.

Mi sedetti sulla poltrona vicino alla finestra e andai in live.

«Che stai facendo?» Mi sorrise strizzando gli occhi mentre le sue dita danzavano sulle corde. Poteva suonare qualsiasi cosa senza mai farlo sembrare difficile.

«Trasmetto in diretta streaming la megastar Flynn Taylor dalla sua camera da letto.»

Mi fece un sorriso pigro. «Ah sì?»

«Mmm mmm. Penso che i tuoi fan vorrebbero vederti così.» Era bellissimo. Come un dio del rock, senza camicia e con un tatuaggio a bracciale attorno ai bicipiti scolpiti. I capelli arruffati. Totalmente assorto nella sua musica. Accennò una melodia che non riconobbi.

«Che cos'è?»

«È come mi sento con te.» Strinse gli occhi di nuovo e qualcosa iniziò a svolazzare nel mio stomaco. La parte che mi colpì − al di là di quanto fosse incredibilmente sexy in quel momento, alla luce della lampada − fu che la canzone non era triste. La melodia che stava suonando per me era leggera e facile. Piena di possibilità.

«Così mi sento con te» risposi. Mi destinò un altro sorriso e iniziò a canticchiare dolcemente, ondeggiando un po' le spalle. Ero pronta a venire di nuovo solo a guardarlo. Sapendo che la musica riguardava me. Il telefono mostrò un DM di Cadence. *Ti sto guardando su TikTok! Dove sei stasera? Posso venire?*

Non avevo mica intenzione – oh, ma chi stavo prendendo in giro? Avevo tutte le intenzioni di aprire la chat. Aveva ricevuto sette messaggi da lei, ma non aveva risposto a nessuno. Non c'era motivo di sentirmi minacciata. Ero io quella nella sua camera da letto.

Tornai a guardare lo schermo di TikTok. Avevamo già centosei spettatori, e stavano arrivando dei commenti.

Chi sta filmando?

Chi è la ragazza?

Ti amo, Flynn!

Scorrevano verso l'alto dello schermo.

Non ero gelosa. Non stavolta. Non quando Flynn mi aveva dato tutto. Forse dopo, una volta che mi fossi resa conto di quanto fosse sempre distaccato Flynn. Quando mi fossi ricordata che non sarei riuscita a tenerlo. Che avrebbe potuto stare con un'altra già la sera dopo. Ma in quel momento ero onorata di essere la ragazza nella sua camera da letto. Onorata abbastanza da volerlo condividere con il mondo. Da aiutarlo a diventare famoso. Perché Flynn meritava sicuramente di avere tutto. Aveva un talento pazzesco e rimaneva così umile. Così felice e spensierato.

Flynn non sentiva il bisogno di esibirsi, anche se sapeva che lo stavo trasmettendo in streaming. Suonò per un po', provando diverse melodie, strimpellando accordi, tornando alla prima melodia. Tutti quelli che guardavano stavano vedendo il vero processo di un musicista, ed era assolutamente bellissimo.

Il numero di spettatori salì a trecentocinquantasei. Poi

quattrocentottantadue. Poi settecentottantanove. Forse non erano numeri enormi rispetto ad alcune star dell'app, ma scommettevo che, se lo avesse fatto regolarmente, Flynn avrebbe ottenuto un enorme seguito.

«È così che scrivi le tue canzoni?» gli chiesi.

Mi indirizzò il suo sorriso da pirata. «Sì, immagino. È passato un po' di tempo dall'ultima volta che ho composto qualcosa.»

«È difficile?»

Fece una risatina. «È facilissimo. Oppure difficilissimo. Sembra che più si prova, più è difficile. Quando non ti interessa davvero scrivere la canzone, ecco che la musica si riversa fuori di te.»

«Mmm. Devi essere nel pieno della concentrazione» dissi.

«Sì, immagino» Un altro sorriso che mi sciolse le mutandine. Tirai i piedi sulla poltrona e appoggiai il telefono su un ginocchio.

Chi è la russa? chiese qualcuno, sentendo il mio accento.

È la tua ragazza? Sono gelosa! Un altro post.

La odio. Esci dalla stanza di Flynn, troia.

Adoro la nuova canzone. Ignorai le brutte osservazioni delle fan. Me le aspettavo. Avevo già visto ai concerti che erano competitive. Scoraggiarle sarebbe stato sbagliato, anche se il loro veleno mi faceva tremare lo stomaco. Erano ragazze come quelle che alla fine avrebbero fatto notare gli Storytellers. Che forse li avrebbe portati a firmare per una grande etichetta.

Flynn suonò ancora un po', poi si fermò e si posò la chitarra accanto.

«Hai fame?»

«Potrei anche mangiare, sì» dissi.

Stavo ancora filmando. Forse ero pazza, ma ritenevo che ogni singola cosa che Flynn facesse dovesse essere assorbita dai suoi fan. Adorata nel modo in cui lo adoravo io.

Venne verso di me, un leone bello e glorioso. Asciutto e magro, ma comunque muscoloso con una leggera spolverata di peli dorati sul petto. Si chinò e mi baciò.

Feci una panoramica dagli addominali al viso, prima di terminare il video. Aveva diecimilaquattrocentosettantadue visualizzazioni.

«È questo il mio nuovo stile? Pantaloni del pigiama?» mi canzonò.

«Per questo particolare momento, sì. È una bella immagine.»

«Non mi volevi in mutande?»

«Potevano bannarti. E poi non voglio che tutte...» Mi fermai, per non fare la possessiva. Come la sua ragazza delle medie. Non lo volevo.

Mi afferrò il polso e mi tirò in piedi. Il suo sorriso mi fece indurire i capezzoli. O forse era solo la sua vicinanza. «Non vuoi che tutte mi vedano in mutande?»

Mi accaldai. «No, non fa niente. So che non stiamo...»

«Stai zitta, Nadja.» Mi afferrò la nuca e mi baciò, con foga. Fu più aggressivo del solito, ma mi piacque.

Anzi, lo adorai.

Prima avevo bisogno che Flynn fosse accomodante e non minaccioso. Ora avevo bisogno della passione. Volevo sapere che era me che voleva. Che lo eccitavo. Che non ero rimpiazzabile.

A parte che lo ero, giusto? Avevo impostato l'intera faccenda così. «Non vorrei nemmeno io che qualcuno vedesse te in mutande.» Tracciò con la punta del dito il bordo delle mie mutandine, facendomi rabbrividire sulla pancia al tocco.

Mi baciò di nuovo, stavolta afferrando una manciata del mio culo e stringendolo.

I miei capezzoli eretti si sfregarono contro le sue costole e l'umidità ammorbidì di nuovo le parti della mia signora.

«Quanto hai voglia davvero di vedere il burlesque?» chiese Flynn tra un bacio e l'altro. «Perché io potrei saltare la cena e mangiarti di nuovo.»

Paradisiaco, ma volevo entrambe le cose. Lo spinsi via delicatamente, e lui si tirò subito indietro, sempre rispettoso. «Voglio andare» gli dissi.

«Allora andiamo» disse tranquillamente.

«Non esco da tantissimo tempo, e tu fai sembrare tutto possibile. Non solo possibile: divertente.»

«Sarà divertente.» Si chinò per prendere i miei pantaloni e me li lanciò.

«E poi voglio che le ballerine mi prendano sul serio. Ho già delle idee per i costumi.»

«Fidati di me, saranno felicissime di avere il tuo aiuto. Gli artisti colgono al volo l'occasione di ottenere qualcosa gratuitamente. Stiamo sempre morendo di fame, sai.» Mi fece l'occhiolino.

«Anche tu?» Mi fermai, scioccata. Non lo sapevo.

«No, no, no. Io sto bene. Stiamo iniziando a fare soldi, in realtà, cosa che non mi sarei mai aspettato.»

«Ma non molti.» Improvvisamente desideravo aiutare anche lui. Avevo i soldi del padre di Kat. Forse avrei potuto farne buon uso con lui e la band.

«Il punto non è mai stato quello di far soldi.» C'era una linea tra le sopracciglia di Flynn che non mi piaceva vedere.

«Ma non sarebbe bello?» lo stuzzicai. C'era qualcosa della sua autoironia che sembrava sbagliata.

Fece spallucce. «Non voglio inseguire la fama.» Mi mise la giacca, come un gentiluomo. Non sapevo nemmeno che i ragazzi della nostra età sapessero farlo.

Cercai di resistere al desiderio che si accese dentro di me. Il desiderio di avere Flynn. Per sempre.

Non sarebbe successo, e non avrei dovuto iniziare a desiderarlo ora. Invece insistetti sulla questione della fama. «Perché no?»

Si mise la giacca, prese il telefono e le chiavi e mi portò fuori di casa. «Mio padre non ha fatto che aspettare di essere scoperto, e a un certo punto si è amareggiato. Non ho mai voluto essere così. Gli Storytellers sono divertimento. Perché non posso vivere senza musica. Il gruppo è anche il mio sostentamento, ma...»

Lo guardai mentre scendevamo le scale.

«Non puoi evitare i sogni solo perché hai paura che non si avverino» gli dissi. Vidi svanire il suo consueto sorriso, e mi dispiacque di esser stata io a offuscare la sua luce. «Scusa» dissi quando non rispose.

«No, ok. Capisco cosa intendi. Non sono sicuro di voler seguire quella strada.»

«Il fatto di avere sogni?»

«Sì.»

«E se in questo momento stessi respingendo il successo solo perché ne hai paura?»

Sembravo una specie di life coach, il che non era da me, ma era fin troppo chiaro che era quello che stava facendo. Lavoravo con una terapeuta da mesi – probabilmente stava iniziando a fare presa.

Flynn si fermò sul marciapiede esterno e mi mise un braccio dietro la schiena. Mi tirò contro di lui. I nostri respiri si mescolarono nell'aria fredda. «Mi fai venire voglia di credere» mormorò, e mi baciò.

«E io credo che tutto sia possibile, quando sono con te» sussurrai.

CAPITOLO OTTO

Nadja

Ero innamorata. Volevo diventare ballerina di burlesque. Erano il massimo.

Osservavo il modo in cui le donne tenevano la scena. Dominavano. Erano sensuali… ma con potere. Belle e determinate ad attirare la nostra attenzione.

Esattamente ciò di cui avevo bisogno. Quell'energia. Riprendermi la sessualità. Donarla, ma alle mie condizioni. Volevo salire su quel palco per decidere esattamente quanta pelle mostrare. Dare accesso al mio corpo… alle mie condizioni.

Tenere in pugno il pubblico.

Ce ne stavamo a un tavolo a sorseggiare acqua tonica con limone e infilare banconote da un dollaro nei secchi delle ballerine quando passavano tra il pubblico chiedendo mance. Flynn poggiò casualmente un braccio sullo schienale della mia sedia e continuò a lanciarmi rapide occhiate, come se fosse più interessato a ciò che pensavo io che allo spettacolo. Per essere un ragazzo che non si impegnava nelle relazioni o con le fidanzate, era premuroso, accidenti. Era sempre attento a cosa mi accadeva, sapeva già di cosa avevo bisogno. Quando cominciavo a dare di matto e quando invece mi divertivo.

~

Flynn

Studiai il profilo di Nadja mentre stavamo a un tavolo del Rue a guardare lo spettacolo. Lo avevo già visto in passato, o comunque ne avevo visto molte varianti.

Alcune sere a settimana lavoravo da Rue e prendevo le mance. Guardare Nadja che le dava era molto più divertente.

Le ballerine erano sul palco per una coreografia di gruppo. Stasera il cast era composto da cinque donne e una drag queen, ma variava di settimana in settimana. Avevano numeri singoli e di gruppo. L'esibizione comprendeva playback, danza, striptease e performance art. Non erano raffinatissime, ma poco importava: era la loro presenza grezza a far sì che la folla le amasse. Quella e la natura sensuale dello spettacolo.

Era evidente che Nadja apprezzava tutto ciò che vedeva. La sua espressione era rapita e piena di luce. Irradiava piacere e vita.

Ero innamorato.

Wow. C'era una prima volta per tutto, giusto? Insomma, doveva essere amore.

Il modo in cui mi sentivo con Nadja non somigliava a nulla che avessi mai sperimentato prima. Mi faceva sentire una persona diversa. Una versione migliore di me stesso.

Non avevo voglia di bere o fumare quando ero con lei. Volevo scrivere canzoni. Ora mi aveva spinto a pensare che avrei potuto tirare fuori le palle e fare uno sforzo per far crescere la band. Tornati al quartiere di Rue, ci eravamo fermati in una pizzeria a riempirci la pancia, poi eravamo entrati nel locale per prendere un tavolo. Io avevo ordinato una Coca-Cola e Nadja una Sprite. Aveva detto che non avrebbe dovuto bere perché stava assumendo dei farmaci per l'ansia. Io non avevo alcun bisogno di toccare alcol né erba, quando ero con lei.

Sentivo il bisogno di rimanere sobrio, con Nadja. E non solo perché mi sentivo protettivo, ma anche perché non volevo perdermi nulla. Neanche una sfumatura o una parola. Volevo assorbire tutto. Lei era leggerezza e unicorni. E sì, a volte anche pozzanghere, ma avrei superato mille acquazzoni e pozzanghere di fango e pugni alla mascella per una serata come quella.

Il balletto finì e lei applaudì, guardandomi per vedere se ero entusiasta come lei. «Lo adoro» mi disse. «Voglio unirmi a loro.»

«Cosa?» Mi sporsi in avanti per assicurarmi di aver sentito bene.

«Voglio unirmi a loro. Voglio essere una ballerina di burlesque.»

Metabolizzai la cosa. Logico. Le ballerine possedevano e controllavano la propria sessualità. Erano sul palco. Erano loro a comandare. Ad avere il controllo. Dopo quello che aveva passato, aveva senso che bramasse quel senso di proprietà e controllo sul proprio corpo e su come veniva visto.

«Fantastico» dissi, determinato a fare in modo che accadesse. Anche se ciò significava farle attraversare una dozzina di attacchi di panico per portarla lì, avrei fatto in modo che salisse su quel palco, se lo voleva.

«Pensi che ce la farei?»

«Ne sono certo» dissi. L'avrei aiutata se aveva bisogno di me, ma non avevo dubbi che potesse far tutto da sola. Tutto ciò di cui aveva bisogno era un piccolo incoraggiamento e una spintarella. «Parla con Danica. Forse danno lezioni o qualcosa del genere.»

Annuì. «Glielo chiederò quando le mostrerò le idee per i costumi.»

«Perfetto» concordai.

Ero sicuro che avrebbe funzionato, finché Nadja non avesse avuto un attacco di panico sul palco. Ma sarei stato con lei per assicurarmi che non accadesse.

Mentre contemplavo tutto il potenziale non sfruttato in attesa dentro Nadja, improvvisamente capii cosa intendeva quando insinuava che frenassi il mio successo.

Se credevo che lei potesse fare tutto ciò che voleva – ed era così– perché non avrei dovuto credere lo stesso di me? Non avevo combinato molto in vita mia, ma mica voleva dire che non potevo. Nadja vedeva in me un potenziale, già più di quello che vedevo io in me stesso.

«Torniamo a casa tua» mi disse Nadja all'orecchio.

Era eccitata dallo spettacolo. Mi piaceva un sacco. Non mi aspettavo che volesse tornare a casa, ma ne avevo voglia. Più che voglia. Ero pronto a impazzire.

Lasciai una mancia sul tavolo e mi alzai, prendendole la mano. Aveva un ampio sorriso mentre la portavo fuori. Corremmo al furgone, proprio come prima. Come se non potessimo aspettare di metterci le mani addosso. Ero senza dubbio innamorato.

Totalmente, completamente innamorato.

Nadja

«Siediti qui.» Indicai la poltrona nel mezzo del salotto di Flynn. Volevo fare uno spogliarello.

Volevo essere come quelle donne sul palco di quella sera. Calde e seducenti. Al comando.

Flynn cadde sulla poltrona, gli occhi cupi di desiderio.

«Ho bisogno di musica da spogliarello» gli dissi.

Mise *Sexy Back* sul telefono, che iniziò a suonare da una cassa della cucina. Vagai per la stanza a tempo. Mi fermai e oscillai i fianchi, affondando in uno squat, poi rialzandomi. Flynn gemette di approvazione, con il pollice appoggiato sul labbro inferiore.

Mi tolsi i vestiti capo per capo fino a quando non rimasi solo con le mutandine. Alcune delle mie mosse erano sexy. Altre goffe. Non importava, perché Flynn sembrava affascinato da tutto quello che facevo. Alla fine della canzone mi misi a cavalcioni su di lui, ondulando i fianchi sul suo cazzo indurito. Mi abbassai ai suoi piedi, in ginocchio, e gli sbottonai i pantaloni. La sua virilità si gonfiò contro il tessuto sottile dei boxer. Liberai l'erezione e la afferrai.

Gli avrei fatto il miglior pompino che potevo. Aprii le labbra, ma mentre avvicinavo la bocca mi affiorarono nella mente ricordi indesiderati.

La paura mi bloccò i muscoli. Mi si chiuse la gola. Il ronzio meccanico degli ingranaggi si mise in moto e mi ronzò nelle orecchie.

Scattai indietro, diventando all'improvviso quell'altra, quella a pezzi.

Stavo per vomitare.

Corsi in bagno.

«Nadja?»

Flynn mi chiamò con la voce piena di preoccupazione, il che non fece che peggiorare le cose. Avevo chiuso la porta del bagno, avevo tentato di bloccarla, ma lui girò la maniglia prima di me. Saltai indietro mentre la spalancava.

«Scusa.» Tremavo dappertutto. Il mio corpo era traumatizzato, anche se la mia mente voleva stare con Flynn.

«Ehi» disse dolcemente, entrando nel piccolo ambiente

con me. «Va tutto bene.» Aprì le braccia, ma senza chiedere nulla.

Ero pronta ad accovacciarmi nell'angolo e nascondermi, imbarazzata per essere così spezzata, ma sembrò molto più semplice entrare nello spazio del suo abbraccio. Quando lo feci, mi strinse.

«Non devi scappare e nasconderti da me.» Oscillò da un piede all'altro, ballando lentamente con me in bagno, le labbra sui miei capelli. «Lo affrontiamo insieme.»

Singhiozzai forte. «Ho accettato io di farlo, ricordi? Sapevo che non sarebbe stato facile.»

«Ma hai accettato prima di tutto questo» mi lamentai.

«Sì. E adesso è andata. Va bene anche così.» Mi massaggiò la nuca.

«Volevo...» Non potevo nemmeno parlare di fare pompini. Il ricordo di essere stata ripetutamente costretta era troppo in prima linea nel cervello.

«È tutto a posto. Va tutto bene, Pesche. Andiamo a letto. Vuoi restare per la notte?»

Volevo? Non ero andata così avanti con il programma. Quella sera avevo vissuto beatamente momento per momento, ciascuno fantastico fino a ora. Ma Flynn mi stava invitando a passare la notte con lui. Flynn Taylor, il ragazzo che non voleva fidanzate. Il re del sesso occasionale. Il playboy impenitente. Mi voleva nel suo letto stanotte. E non per il sesso.

Alzai la testa e annuii.

«Vuoi uno spazzolino?» Aprì un armadietto sotto il lavandino e ne prese uno ancora nella confezione.

Gli feci un debole sorriso. «Grazie.»

Mi sorrise e poi mise il dentifricio sul suo e sul mio.

Eravamo al lavandino e ci stavamo lavando i denti insieme come una vecchia coppia sposata. Sembrava facile.

Il trauma iniziò a scivolare via, come una giacca che

potevo togliermi quando rientravo dall'esterno. Il battito cardiaco si calmò. La sudorazione dei palmi scomparve. Avevo ancora la nausea, ma cercavo di non pensarci.

Guardai Flynn lavarsi i denti, i muscoli che gli si flettevano contro la camicia. Rendeva sexy anche l'azione più ordinaria. Entrambi sputammo e ci sciacquammo la bocca, e Flynn si diresse verso la camera mentre io usavo il bagno.

Quando arrivai in camera, le luci erano spente. Aveva scostato le coperte, ed era sdraiato appoggiato su un gomito, in mia attesa.

Salii accanto a lui, e lui rotolò per avvolgermi un braccio intorno alla vita. Per un po' ascoltai il suono del suo respiro, chiedendomi cosa pensasse di me adesso. Non sembrava deluso. Forse io ero più delusa di lui.

Come per rispondere ai miei dubbi, mormorò: «Sei forte, Nadja. E coraggiosa. Lo supererai.»

Mi girai al buio e appoggiai la testa sulla sua spalla.

«Ero drogata per la maggior parte del tempo» gli dissi, con accento più marcato per l'emozione. Sembrava più facile parlarne al buio. Riuscivo quasi a sentire l'odore nauseabondo del fumo di sigaro, ma invece inspiravo il profumo di Flynn. «Fu – come dite voi – una benedizione e una maledizione. Entrambe le cose.»

«Ah sì?»

«Una benedizione perché i ricordi sono tutti sfocati. Posso quasi fingere che sia stato un incubo, non reale.»

Flynn mi accarezzò la guancia ma per il resto non rispose, lasciandomi lo spazio per andare avanti.

«Una maledizione perché quando emergono i ricordi, mi confondo e mi spavento. Ho una forte reazione.»

Flynn mugugnò.

«Ci è voluto molto tempo alla chimica del mio cervello per adattarsi dopo che sono stata liberata. Parte della depressione era chimica. Avrei voluto grattarmi via il cervello fino a liberarlo da tutto, sai.»

«Sì.»

«Ma quando mi hai chiesto di venire alla festa con te, ho chiesto il farmaco per l'ansia che la mia terapeuta voleva che provassi. E aiuta.»

«Non c'è nulla da vergognarsi nell'usare farmaci, momentaneamente o in modo permanente. Qualunque cosa ti serva per riconquistare la tua vita, Nadja, va bene.»

Mi avvicinai a lui. «Sei molto saggio per la tua età. Perché?»

«Mia madre lotta contro la malattia mentale. Quando ero piccolo, fu ricoverata spesso... per depressione.»

«*Gospodi*, dev'essere stato difficile. Mi dispiace.»

Lo sentii scrollare le spalle sotto la mia testa. «Andava tutto bene. C'era molto amore. La nostra famiglia era pazza e caotica, ma ci siamo presi cura l'uno dell'altro. Story si prendeva cura di me e Dahlia quando nostra madre non poteva.»

«Dahlia è la sorella del Wisconsin?»

«Sì. Lei e il suo fidanzatino del liceo si trasferirono lì insieme, e stanno ancora insieme. Si è rivelata la più normale di tutti noi.»

Sentire il caldo brontolio di Flynn eliminò un'altra parte del trauma residuo dal mio corpo.

«Anche Adrian ha dovuto badare a me. Nostra madre morì di cancro e nostro padre ormai è un alcolizzato.»

«Ecco perché è difficile per lui fare un passo indietro.»

«*Da*. Ma anche... il mio rapimento l'ha cambiato. Un sacco. Lo ha fatto sentire impotente, e ora compensa eccessivamente. È dovuto diventare qualcos'altro per riavermi.»

«Un membro della *mafia* russa.»

«*Da*. Ora ha le mani sporche di sangue.»

«Sì. Sono sicuro che è lo stesso per Oleg. Probabilmente molto di più.»

«Ti dà fastidio? Che tua sorella sia fidanzata con un membro della bratva?»

«Sinceramente? No. Quel ragazzo è al cento per cento un orsacchiotto con lei. Credo che la mia unica preoccupazione riguardi il rischio che gli succeda qualcosa di brutto e che lei rimanga sola.»

Rimanemmo tranquilli ancora un po'. I rumori dell'ingranaggio meccanico si fermarono completamente. Anche l'ansia di cercare di far sparire tutto non c'era più. Per la prima volta, in realtà mi sentivo abbastanza coraggiosa da provare a valutare cosa mi aveva innescata.

Sesso orale forzato. Ecco.

«C'era uno che veniva ogni sera. Sempre lo stesso» dissi a Flynn. Mi veniva da vomitare, ma non valeva la pena tenerlo dentro. Conservare quelle storie dentro era ciò che le rendeva troppo difficili da gestire.

Flynn si bloccò.

«Puzzava di sigari e gli piaceva l'idea dello stupro. Anche se ero incatenata, doveva comunque bloccarmi o soffocarmi. E mi usava *sempre*. Io ero la sua... non so, schiava preferita. Gli piaceva soffocarmi con il suo...»

Mi allontanai, perché ora non avevo nessuna voglia di terminare la storia. Flynn non disse nulla, ma in lui c'era più tensione del solito. Non sentivo la stessa grande tolleranza che offriva di solito.

Dopo un attimo disse: «Capisco perché Adrian è così. Non sono violento, ma ucciderei sicuramente quel tizio, se ne avessi la possibilità.»

«Anch'io» mormorai.

Ed era vero. Adrian stava dando la caccia al capo dell'organizzazione del traffico sessuale, il padre di Kat. Non mi importava di lui. Non l'avevo conosciuto. L'uomo che volevo morto era il *mudak* che perseguitava i miei incubi. Forse agli occhi della legge era il meno colpevole. Non mi aveva venduta. Solo comprata.

Non mi interessava, era quello che ricordavo di più. Era lui che mi aveva violentata, più e più volte. E dopo quello che mi aveva fatto, non meritava di vivere.

«Quindi è ancora vivo? Adrian non lo ha rintracciato?»

Gli ingranaggi vorticosi si avviarono, ma non feci resistenza. Li lasciai fare rumore nella mia testa. La colonna sonora del mio tormento. Solo che stavolta riconoscevo il tormento come qualcosa di diverso dal vittimismo. Stavolta sembrava rabbia.

«*Net*. Vorrei trovarlo. E se lo facessi, gli metterei la pistola alla testa e premerei il grilletto io stessa.»

Mi sentivo male a dirlo, ma c'era anche qualcosa di saldo nell'ammettere un desiderio di violenza.

«E io seppellirei il corpo per te» disse Flynn.

Sentii una risata da qualche parte nel mio petto. Non venne fuori. Sembrava lontana, eppure era forte abbastanza da alleggerirmi l'umore. Lanciai la gamba sui fianchi di Adrian. «Davvero?»

Forse stavamo giocando al gioco del narratore di Flynn. Inventare una storia che non sarebbe mai accaduta ma divertente da immaginare. Strane confidenze tra le lenzuola, eppure non mi ero mai sentita più vicina a un'altra persona nella mia vita. Quella conversazione era esattamente ciò di cui avevo bisogno.

«Guiderei l'auto della fuga. Lo legherei e lo terrei fermo. Ma solo se hai una buona mira.» C'era un tono canzonatorio nella voce di Flynn, come se avesse percepito il mio cambiamento di umore.

«Non ce l'ho» ammisi. «In realtà non so sparare. Quindi faresti meglio a non tenerlo fermo, nel caso in cui combini un casino.»

«Allora lo ammazzerei di botte prima, in modo che sia incapace di muoversi, così che tu possa sparargli.»

Cercai di immaginarlo. Era davvero troppo assurdo. Riuscivo a vedere Adrian che lo faceva. O qualcuno dei suoi fratelli bratva… ma io e Flynn? Era fantascienza. Però mi piaceva immaginarlo.

«Vorrei premere il grilletto. Penso che ce la farei.»

«Se non ce la facessi, lo finirei io per te.»

Il peso che sentivo si sollevò dal petto a ondate. Ero di nuovo me stessa. Non la me persa, la me distrutta, ma la vera me. Solida. Con i piedi per terra. Con le ossa dure e la carnagione chiara.

Avevo voglia di ringraziare Flynn. E di ritentare. Per cancellare la presenza dell'uomo con il sigaro nella stanza. Nella nostra vita sessuale. Sotto la mia pelle. Strisciai sotto le coperte, a cavallo delle gambe di Flynn.

«Non è necessario, Nadja. Non mi interessa se mi succhi il cazzo o no. Sto bene.» Mi raggiunse. «Voglio assaggiare te.»

«Ma mi va.» Gli afferrai il cazzo, che divenne istantaneamente duro nella mia presa. «Ne ho davvero bisogno.»

«Voltati, allora» mi esortò Flynn. «Sessantanove. Siediti sulla mia faccia.»

Risi, perché non ci avevo mai provato.

Avevo fatto sesso, prima di essere ridotta in schiavitù. Con alcuni fidanzati. Ma doveva esserci molto che ancora non sapevo. Flynn probabilmente sapeva tutto.

Fu imbarazzante, ma cambiai posizione e mi inginocchiai sul suo viso. Anche se era buio, strinsi forte gli occhi, scacciai i ricordi, ripetendomi nella testa, *È Flynn, è Flynn, è Flynn.*

Mi afferrò le cosce e mi tirò giù fino alla bocca, la sua lingua mi separò la carne. Gemetti al contatto. Il clitoride era già sensibilizzato dal round precedente, e il mio culo scattò all'energia della sensazione che sparò dritto al mio nucleo.

Flynn si occupò di me con entusiasmo, succhiandomi le labbra, leccandomi in almeno cinque modi diversi. Rendeva facile arrendersi alla sensazione. Dimenticare la cosa di cui avevo più paura: il passato che sovrastava il presente.

Fu facile aprire la bocca e prendere la cappella di Flynn nella tasca della guancia. Man mano che diventavo più sicura, più serena, lo indirizzai in fondo. Ero in cima. Avevo il controllo. Nessuno mi avrebbe soffocato. Quella cosa era per Flynn.

Ma anche per me.

Il mio piacere corrispondeva al suo. Dare e ricevere allo stesso tempo.

Sprofondai nel momento. Non c'era più il bisogno disperato di raggiungere il traguardo che avevamo prima. Non c'era nemmeno più l'urgenza di dimostrare a me stessa che potevo farlo.

Lo stavo già facendo. L'avevo già fatto.

Non c'era la pressione di doverlo fare. Potevo effettivamente rallentare e divertirmi.

Feci con calma, leccai la cappella di Flynn facendo scorrere la lingua lungo la fessura. Quando lo presi di nuovo in profondità nella bocca, gemette contro la mia pelle e iniziò a leccare con più vigore.

La felicità mi si insinuò dentro. Una porzione di gloria.

Non avevo ancora raggiunto l'orgasmo, ma gli ormoni del benessere si erano già precipitati nel mio cervello, bagnandolo di piacere. Amore. Legame.

«Nadja?» La voce di Flynn era profonda e carica di lussuria.

«*Da?*»

«Posso scoparti, bambina? Voglio arrivare in cima e scoparti bene.»

«Sì» sospirai. «*Požalujsta...* per favore.»

Mi arrampicai su di lui e mi girai sul letto. Si alzò in ginocchio e mi incontrò nel mezzo, stringendomi un braccio dietro la schiena e baciandomi con la lucentezza dei miei succhi sulle labbra.

«Basta dire di no se non ti senti a tuo agio, ok?»

Annuii. Sapevo già che non sarebbe accaduto. Ero prontissima. Volevo sentire tutto ciò che voleva darmi.

«Sdraiati sulla pancia, Pesche» mormorò.

Quando lo feci, afferrò un cuscino e mi sollevò i fianchi per infilarlo sotto. Poi si arrampicò su di me. «Allarga le gambe, tesoro.»

Sentii lo schiocco di un involucro mentre si metteva il preservativo, poi si mise in ginocchio tra le mie cosce e abbassò il suo corpo sopra il mio. Il cazzo spinse al mio ingresso. Spinsi indietro il culo per prenderlo.

Andò piano, ma io ero davvero bagnata e pronta, e non trovò resistenza. Soprattutto dopo la prima sessione. Affondò la sua lunghezza dentro di me, centimetro dopo centimetro fino a quando i suoi lombi non mi colpirono il culo. La cappella mi accarezzava le pareti interne nel punto perfetto.

Era meraviglioso. Perfetto. Coprì il mio corpo con tutta la sua figura, facendo scivolare un braccio sotto le mie costole, quindi mi tenne abbracciata mentre faceva schioccare i fianchi per affondarmi dentro.

«Sono proprio qui» mi mormorò contro l'orecchio. «Stai bene?»

«Benissimo» sospirai, aprendo le gambe ancora di più.

Mi mordicchiò il collo; la tenerezza seducente bilanciava la forza animalesca con cui mi scopava. Era un po' selvaggio e brutale, ma comunque molto intimo. Profondo.

I nostri due corpi lavoravano di concerto per condurci entrambi sul precipizio.

Iniziai a gridare e Flynn rallentò, scostandomi i capelli dalla guancia per vedere il mio viso.

«Non fermarti» gemetti. «Ti prego. Ho bisogno di averne ancora. Ti prego.»

«Te lo darò, tesoro.» Fece scivolare la mano sotto di me, tra le nostre gambe, e trovò il clitoride. Un pizzico e urlai, sfrecciando oltre il bordo nell'oblio. Mi frantumai e tornai intera. Per frantumarmi di nuovo. Giravo. No, era la stanza a girare, io stavo galleggiando. Stavo volando, come se il desiderio della cavalletta arcobaleno fosse stato concesso a me invece che a Flynn.

O forse anche lui stava volando. Non aveva ancora finito, però. Aspettò che i miei muscoli smettessero di stringersi e stringersi ancora intorno al suo cazzo, e poi si alzò su un braccio per stendersi sopra di me e mi martellò dentro.

«Stai bene?» ansimò, pensando ancora alla mia tranquillità.

«*Da, da, da!*» Volevo che venisse. Che si sentisse glorioso come me.

E lo fece. Sbatté in profondità con un grido e cadde per tenermi di nuovo stretta.

Le lacrime mi riempirono gli occhi, perché era tutto meraviglioso.

Era stato facilissimo, fantastico e perfetto. Sapevo che Flynn era la persona giusta.

Ma ora non sapevo cosa fare.

Ero completamente persa.

Perché ero abbastanza sicura di essermi perdutamente innamorata di quell'uomo.

Un playboy.

Il ragazzo che non voleva fidanzate.

CAPITOLO NOVE

Flynn

Mi svegliai sentendo dei forti e insistenti colpi contro la porta.

«Cazzo» gemetti, rotolando giù dal letto. Nadja si sedette; aveva un aspetto spettacolare. I capelli color rame le ricadevano sul viso, le guance erano ancora arrossate dal sonno.

Si alzò e andò in bagno.

Che voglia di uccidere chiunque fosse alla porta, cazzo. Soprattutto perché Nadja aveva gli incubi durante la notte, e doveva sfruttare tutto il sonno extra che poteva racimolare.

Avere Nadja addormentata nel mio letto la notte mi aveva dato un nuovo scopo nella vita: Nadja.

Sul serio.

Era come se fino a quel momento fossi andato alla deriva. Ero disponibile a sostenere mia madre. Ero un membro della band. Ma era come se qualcosa in me si fosse appena svegliato. O attivato. Alcuni codici essenziali dentro di me erano stati attivati.

Ma dire che il mio nuovo scopo era Nadja non era del tutto giusto.

Era più come se io fossi la serratura e Nadja la chiave.

Ora che mi aveva acceso, ero disponibile anche per me stesso. Ero disposto a sforzarmi un po' nella mia vita. Improvvisamente vidi il mio io passato in modo chiarissimo: chi ero e chi non ero disposto a essere.

E quello era il vero me, la persona che in precedenza non ero disposto a essere.

Sapevo che sembravo sotto effetto di droghe al momento, ma non era così. Non mi ero mai sentito più sobrio o illuminato in vita mia. Ecco l'altra cosa: ora vedevo il desiderio di andare per feste come un meccanismo paralizzante.

Avevo abusato di sesso, droghe e alcol per impedirmi di essere il mio vero io.

Quest'uomo.

Perché ero capace di molto di più, e non volevo provarci. Non volevo farlo. Avevo paura di fallire, forse.

Ma per Nadja, ci avrei decisamente provato. Avrei fatto qualsiasi cosa.

Saltai su un piede mentre tiravo su i boxer.

«Aspetta» dissi a Nadja, che era in bagno: «Mi libero subito di loro. Scusa.»

I colpi continuarono a martellare sulla porta. Chiusi quella della camera da letto per dare privacy a Nadja andai all'ingresso.

«Quale cazzo è il tuo – la parola *problema* mi morì sulle labbra mentre Adrian mi spingeva da parte per entrare in casa. Kat lo seguì lanciandomi uno sguardo dispiaciuto.

«Sei venuto a picchiarmi di nuovo?»

«Dov'è?»

Si sentì lo sciacquone, rendendo ovvia la risposta alla sua domanda.

«Ma sei fuori di testa, cazzo? Nadja sta bene. Non ha bisogno di essere salvata da me.»

Nadja uscì dalla mia camera da letto indossando – *oh Dio, che gloriosa!* – una delle mie magliette. La t-shirt vintage dei Ramones le arrivava a metà coscia e la rendeva tanto bella da mangiarla.

«Adrian, cosa ci fai qui?» Si scostò i capelli dal viso. La voce era ancora piena di sonno, e mi rallegrai del fatto che sembrasse felice. Come se avesse goduto del miglior riposo notturno del mondo.

Adrian strizzò gli occhi verso di lei. «Perché cazzo non hai risposto ai miei messaggi?»

«Ehm, penso che sia ovvio, Adrian» disse Kat. Poi si rivolse a me e Nadja: «Scusateci. Non volevamo interrompervi.»

«Come hai trovato questo posto?» chiese Nadja.

«Ti ho messo un tracker sul telefono» ammise Adrian brontolando. «Per sicurezza.»

«Beh, sono al sicuro.» Nadja andò dietro di me e mi abbracciò.

Il tipo di gesto che normalmente odiavo ricevere da una ragazza la mattina dopo – e di solito non ci arrivavo nemmeno alla mattina dopo – ma stavolta lo adorai assolutamente. Sembrava che Nadja mi stesse reclamando, cosa che fino a ora si era rifiutata di fare. Come se volesse rimanere, non scappare con suo fratello stavolta. Le passai un braccio sopra la testa per attirarla contro il mio fianco. «Per favore, rimani» mormorai.

Sembravo una delle ragazze appiccicose che cercavo di evitare, ma qualcosa nel fatto che Nadja se ne sarebbe andata oggi mi allarmava.

La volevo lì con me, a riempire l'appartamento con la sua presenza magica. Volevo lavorare sulla canzone che aveva ispirato in me la sera prima mentre guardavo il suo bel viso. Adrian puntò la testa verso la porta.

«Dai. Ti porto a casa.»

«Resto qui» disse Nadja, e lasciai uscire il fiato che non mi ero reso conto di trattenere.

«Per quanto?»

«Fratello» tagliai corto. «Non è una bambina. Ha il tuo numero se ha bisogno di qualcosa, ma non ti chiamerà, perché non ho intenzione di mandare a puttane la cosa.»

Nadja sollevò il viso verso di me con sorpresa. Anzi, tutti e tre mi fissarono come se mi fosse spuntato un banano in cima alla testa, e mi resi conto di aver detto troppo ad alta voce. Nadja e io eravamo solo amici, ufficialmente. Non avrebbe dovuto esserci nulla da mandare a puttane. Ma ormai l'avevo detto, e non me lo sarei rimangiato.

«Ho una prova extra nel pomeriggio. Quando vado posso portarti a casa io» mi offrii.

Adrian mi diede una lunga e severa occhiataccia. «Non mi fido di te» disse infine.

Fanculo.

«Io sì» disse Nadja. «Mi fiderei di Flynn fino ai confini della Terra.»

Adrian scosse la testa. «Nadja...» Si strofinò una mano sul viso. «Sai quante ragazze sono state nel suo letto?»

Doppio fanculo. Mi sentivo come se mi avessero preso a pugni nello stomaco. Naturalmente non c'era nulla che io potessi dire a riguardo, perché era vero.

Non mi sembrava il momento giusto per confessare a Nadja che volevo qualcosa di più di quello che avevamo.

Avrei voluto farlo la sera precedente, prima che si addormentasse con la sua dolce testa appoggiata sulla mia spalla, cazzo.

«Sì» disse Nadja semplicemente, con il mento sollevato.

«Ciò non m'importa e non lo rende inaffidabile. Significa solo che è bravo a letto, ossia quello di cui ho bisogno in questo momento.»

Ahi. Mi sarebbe piaciuto pensare di aver messo in gioco più del sesso, ma forse deliravo. Insomma, Nadja era stata onesta fin dall'inizio su ciò che voleva. Un compagno di letto per aiutarla a riprendere a fare sesso.

E io lo ero stato. Forse adesso saremmo tornati amici.

Ma no, aveva detto che sarebbe rimasta.

Solo per il sesso, borbottava una voce nella mia testa. Sapevo che avrei dovuto chiederglielo. Dovevamo parlare per chiarire e ridefinire i punti, ma anche se lo pensavo, sapevo che probabilmente non lo avrei fatto.

Perché non volevo porre fine alla cosa prematuramente.

Se voleva solo sesso ma non aveva ancora finito, volevo che continuasse a giocare.

Non volevo che mettesse fine alle cose perché mi ero dichiarato innamorato di lei. Dannazione. Ero in un fottuto pasticcio.

Beh, tanto per cominciare, avevo bisogno che lei rimanesse e Adrian se ne andasse.

Mi concentrai su di lui. «Non farò del male a Nadja. Capisco quello che ha passato e sto attento. Sto prestando attenzione. So essere il ragazzo di cui ha bisogno.»

Adrian mi considerò come se mi vedesse per la prima volta. O come se vedesse il nuovo me. Quello che Nadja aveva svelato.

«Hai più palle di quanto mi aspettassi» ammise.

«Non le farò del male» ripetei. Avrebbe potuto farmi a pezzi il cuore, ma sarei morto prima di ferire Nadja.

«Altrimenti ti taglio le palle e le do da mangiare al tuo...»

«*Ooook*» interruppe Kat ad alta voce. «Ce ne andiamo.

Arrivederci. Ti voglio bene, Nadja.» Mandò un bacio a Nadja con una mano mentre tirava il gomito di Adrian con l'altra. Adrian non si mosse, nonostante i tentativi di Kat.

Mi puntò contro un dito tatuato.

«Vai, Adrian» disse Nadja.

Improvvisamente si girò, mise un braccio intorno a Kat e la guidò fuori dalla porta.

Nadja gemette quando la porta si chiuse. «Mi dispiace che mio fratello sia un tale asino.»

«Va tutto bene» dissi. Stavo ancora soffrendo all'idea di essere solo un terapista del sesso per Nadja, ma non avevo intenzione di lasciarlo vedere.

Aveva ancora le braccia intorno a me da un lato, e ora mi scrutò. «Perché sei così gentile con me?»

Le sorrisi, abbagliato dal suo affetto. «Sei piuttosto buona anche tu con me, Pesche.»

«Davvero?»

Annuii, coprendole un lato del viso e baciandole la fronte. Respirai il suo profumo di caramello. «Buonissima. Cosa vuoi fare per colazione?»

L'eccitazione le illuminò il viso. «Potremmo... mmm... andare da qualche parte?»

Sapevo che era un grande salto per lei. O almeno, una settimana prima lo sarebbe stato. Ora era lei a suggerire di uscire.

«Certo» dissi subito. «Ma prima ho bisogno di una cosa.»

«Cosa?»

«Vieni qui.» La girai e la feci camminare all'indietro fino a quando non colpì con il culo il bracciolo imbottito del divano. La presi per la vita e la feci sedere, poi caddi in ginocchio e le allargai le cosce.

«*Oj.*» Adorai la sillaba scioccata e compiaciuta che le uscì dalle labbra. Scavai con la lingua tra le sue pieghe, cercando quel sapore ormai familiare. Esplorando le sue delicate pieghe con la punta della lingua.

Mi afferrò la testa per evitare di cadere, urlando e ridendo un po'.

«Flynn… *da*.»

La feci andare in delirio con la lingua, poi infilai il pollice dentro di lei mentre spingevo indietro il bottoncino del clitoride e succhiavo la piccola perla tra le mie labbra.

Lei urlò, le ginocchia spingevano contro le mie spalle mentre si avvicinava al mio pollice. Mi venne in mente che qualsiasi posizione sessuale eretta avrebbe potuto essere una vittoria per lei. Se era stata incatenata a un letto, non poteva stare in piedi. Mi alzai e sfilai il pollice.

«Resta qui. Non muoverti, ok, Pesche?»

Sembrava troppo stordita per andarsene in giro, comunque.

Mi fece un cenno con gli occhi vitrei e mi precipitai in camera da letto a prendere un preservativo. Il suo sguardo ricadde sui miei slip tirati come una tenda quando tornai, e le spuntò un sorriso sulle labbra morbide.

«Metti un piede sul pavimento» le indicai mentre mi toglievo gli slip e mettevo una protezione.

Fece scivolare il sedere abbastanza in basso da toccare il pavimento con il piede destro, mentre mi guardava. Affascinata, raggiunse il mio cazzo.

«Esatto, tesoro. Vuoi fare un giro sul mio cazzo?»

«Mmm mmm» cantilenò, facendomi quasi venire quando strinse la presa e mi tirò verso il suo ingresso. La tenni ferma con una mano dietro la schiena mentre facevo scivolare la cappella attraverso i suoi succhi.

«Stessa regola di ieri sera. Se vuoi che mi fermi o rallenti, basta dirlo.»

Trascinò il labbro inferiore tra i denti e annuì.

«Sei bellissima» mormorai mentre premevo la cappella

contro il suo ingresso. La morbida carne cedette, e lei mi accolse. Agganciai la mano sotto il suo ginocchio sinistro per tirarlo su, in modo da ottenere un'angolazione migliore per muovermi dentro di lei. La posizione era perfetta. Affondai in lei, in profondità, poi indietreggiai e glielo diedi di nuovo.

«*Da... da*» gemette.

Adoravo che tornasse al russo quando era eccitata. Era così dannatamente carino. Mantenni un ritmo lento e costante, glorificandomi di quanto fosse facile. Anche quando era difficile, era comunque facile. Io e Nadja sembravamo conoscerci a un livello più profondo di due persone che avevano appena iniziato a frequentarsi.

Ci conoscevamo nell'anima. Ma anche i nostri corpi sembravano conoscersi.

Perché con Nadja capivo l'espressione "fare l'amore".

Anche quel round, che in superficie sembrava una scopata di base, fu un atto di onore. Un modo di compiacerci l'un l'altro con totale libertà, un dare e ricevere senza restrizioni. E poi non riuscii più a tenere il ritmo lento.

L'energia si accumulò alla base della mia colonna vertebrale e accelerai, infilando il braccio dietro la sua schiena in modo che potesse inarcarsi su di esso; aveva le labbra aperte per via dei gemiti, gli occhi guardavano verso il cielo.

«*Oj*... oh... *oj*!» piagnucolò.

La scopai più forte, sbattendo dentro e fuori a un ritmo frenetico.

«Sì, Nadja... sì!» esclamai.

Rallentai per andare più in profondità, spingendo come se la mia vita dipendesse dall'andare a fondo, macinando i miei lombi sul suo clitoride a ogni colpo selvaggio.

«Ti prego... *požalujsta*... sì!» Le sue grida, la sua soddisfazione, mi portarono all'orgasmo, e la sbattei più forte e più veloce fino a quando non mi si strinsero le palle e dovetti rilasciare.

«Sto venendo» grugnii.

«Vieni!» urlò. «Ti prego, Flynn! Sono pronta.»

Provocai entrambi i nostri orgasmi con potenti spinte che finirono con me sepolto in profondità ed entrambe le sue gambe avvolte strettamente dietro la mia schiena.

«*Ja tebja ljublju*» mormorò contro la mia spalla.

«Cosa?» chiesi.

«Oh. Niente. Ho detto che è stato bello. Bellissimo.»

Stava mentendo. Cercai di memorizzare le sillabe che aveva pronunciato, ma il mio cervello era così strapazzato che non ero sicuro di aver capito bene. Era qualcosa del tipo: «*Yeah, blu tibaya.*»

Forse Oleg poteva tradurmelo. Non importava. Nadja era tra le mie braccia, e mi sembrava giustissimo.

La portai così nella doccia, dove con calma lavammo ogni centimetro l'uno dell'altra, esplorando tutti i nostri angoli e tutte le nostre curve. Luoghi duri e morbidi.

Ecco l'amore. Ecco il senso di tutto. Ecco come avrei dovuto sentirmi ogni volta che condividevo il mio corpo con una donna.

Ma non l'avevo mai saputo fino a ora.

Nadja

Dopo che Flynn mi ebbe portata in una pasticceria dietro l'angolo per la colazione – dove ero stata benissimo – tornammo a casa sua. Feci degli schizzi per le ballerine di burlesque su un blocco di carta che aveva trovato mentre Flynn si era messo a comporre. Come l'altra sera, ero davvero a mio agio. C'era qualcosa di semplice tra noi. Una familiarità. Come se fossimo stati insieme in una vita passata, e di conseguenza ci fossimo assestati proprio come i vecchi tempi.

Non avrei mai voluto che finisse.

Gospodi, gli avevo detto *ti amo* quando avevamo fatto sesso la mattina! Per fortuna l'avevo detto in russo e non aveva capito.

Ora sapevo perché tutti avevano tanta paura che soffrissi. Non che Flynn mi avrebbe fatto del male.

Ma sì, mi sarei fatta del male.

Mi ero fatta del male.

Perché ora che avevo assaggiato Flynn, ora che ero stata al centro della sua attenzione, la destinataria dei suoi talenti, ora che mi ero crogiolata nel bagliore che proiettava, non avrei mai voluto lasciarlo.

Flynn mise giù la chitarra e prese un taccuino. Si distese lateralmente su una poltrona, le lunghe gambe oltre il bracciolo, ben oltre il confine. Teneva il taccuino sulle ginocchia e una matita tra le dita.

Quando mi guardò, mi beccò mentre lo guardavo. Invece di reagire, mi guardò fisso in risposta, gli occhi castani che sembravano vedere in profondità, nel fondo della mia anima.

Quello sguardo da solo mi faceva venire voglia di giurargli di nuovo il mio amore eterno. Nella sua lingua, stavolta.

Ma sapevo che sarebbe stato sciocco. Non era mio.

Dopo un attimo, abbassò lo sguardo e scrisse qualcosa sul foglio.

«Stai scrivendo una canzone?» gli chiesi.

Per una qualche ragione, mi accelerò il battito cardiaco. Lui annuì, e alzò di nuovo lo sguardo verso il mio.

«Parla...» Non riuscii a finire la domanda. Sembrava troppo presuntuoso.

Ma figurati se parlava di me!

Solo una scolaretta delirante avrebbe pensato una cosa del genere.

«Di te» rispose, rubandomi il fiato.

Avrei voluto correre a guardare dalle sue spalle, ma così gli avrei rovinato il processo creativo.

Era nel flusso. Era una casualità che fossi io la sua musa. Anche se pensavo che parlasse di me, anche se volevo disperatamente assegnare ogni tipo di folle significato alla cosa, non era così. Gli artisti venivano ispirati da tutto ciò che li circondava, e lui aveva me intorno in quel momento.

Invece mi costrinsi a tornare a guardare i miei disegni. A prendere in prestito la sua energia creativa ed entrare nel flusso io stessa.

Avevo abbozzato dei corsetti bellissimi, con lavorazioni tie dye nei toni del rosso e del vinaccia, rifiniti in velluto nero ovviamente. Il pezzo di sotto era abbinato, ma il taglio variava: una ballerina avrebbe potuto indossare pantaloncini corti con volant sul culo, un'altra gonna corta o lunga fino alla caviglia con crinolina sotto, e un'altra pantaloni.

Non vedevo l'ora di prendere le misure e iniziare.

Flynn riprese in mano la chitarra, suonò la melodia su cui aveva lavorato prima, poi tornò al taccuino.

Mi riposizionai sul divano, girandomi di lato per alzare i piedi e guardarlo al lavoro. Era bellissimo. Avrei potuto trasmetterlo di nuovo in live streaming per i fan, ma stavolta lo volevo tutto per me.

Slacciai invece i jeans e infilai la mano dentro per toccarmi. Dal trauma, non mi masturbavo più. Mai.

Ma ora era tutto diverso. Ero un essere sensuale. Flynn mi aveva aiutata a restituirmi la sessualità. Così avevano fatto le ballerine di burlesque Black Velvet.

Non avevo più paura che il passato mi inghiottisse.

Potevo lasciarlo nel passato.

Mi accarezzai all'interno delle mutandine per sentire le mie pieghe umide. Man mano che toccavo, diventavano più umide.

Pensai a come Flynn mi aveva scopata contro quel divano la mattina, e l'umidità mi coprì le dita.

Flynn alzò lo sguardo. «Cazzo.» Gettò quaderno e matita sul tavolino e si alzò. «Hai bisogno di un po' di attenzione, Pesche?»

«Sì.» dissi

Oh mio Dio. Facevo la civetta. Che divertimento.

Si inginocchiò davanti a me e mi palpeggiò le cosce.

«Posso assaggiare?»

Scossi la testa, e lui mi osservò bene in viso. «No?»

«Sono già pronta» gli dissi.

Era vero: non volevo la sua lingua tra le mie gambe. Volevo il cazzo. Raggiunse la cintura dei miei jeans e li tirò giù sulle gambe. Il suo sguardo ricadde affamato sulle mie mutandine.

«Sicura?»

Mi misi in piedi e lasciai cadere le mutandine, poi mi girai per inginocchiarmi sul divano, tenendomi allo schienale e presentando il culo a Flynn. «Possiamo farlo così?»

Emise una risata cupa. «Possiamo farlo come vuoi, tesoro.»

Corse in camera da letto. «Torno subito» gridò mentre andava.

Quando tornò, lasciò cadere una manciata di preservativi sul tavolino e si sfilò i vestiti. Aprì un preservativo e lo srotolò. Non volevo pensare al fatto che probabilmente li comprava all'ingrosso né a quanti ne avesse già usati quel mese.

Non importava. Era con me in quel momento. E io con lui. E non avrei voluto essere da nessun'altra parte.

Era stupido cercare di proteggermi da ferite future rifiutando di godermi il presente. Perché perderselo? Perché allora avrei avuto qualcosa da perdere?

Preferivo avere un ricordo di quel momento piuttosto che nessun ricordo con Flynn.

Mossi il culo per lui. «Penso che a Adrian piaccia sculacciare Kat» dissi con una risatina. «Anzi, penso che sia il contrario. A lei deve piacere essere sculacciata.»

«Mi stai chiedendo di sculacciarti, Nadja?»

Flynn era proprio intelligente. «Forse…»

La sua mano si schiantò sul mio culo prima che mi potessi imbarazzare. Fu pungente e sorprendente, ma non sgradevole. Non mi spaventò né portò a galla brutti ricordi. Non ero mai stata sculacciata, sarebbe stato troppo giocoso per l'uomo con il sigaro. E lui non era giocoso. Gli piaceva la violenza. Lo stupro. Era più interessato a soffocarmi e bloccarmi e a forzare il sesso.

Flynn mi strofinò la natica offesa. «Va tutto bene?»

«Mi piace» sussultai.

Flynn imprecò a bassa voce e mi schiaffeggiò l'altra natica. «Ah sì? Va bene perché a me piace farlo.» Diede altri due schiaffi. «Sei proprio sexy adesso, con l'impronta della mia mano sul culo.» Massaggiò di nuovo.

Piagnucolai, in apprezzamento. Adoravo come mi toccava, la parte brutale e quella delicata.

Continuò, riscaldandomi il culo con schiaffi alternati a massaggi, poi mi fece scivolare le dita tra le gambe. Aprii di più le ginocchia e mi inarcai per lui. Mi afferrò i fianchi e li spinse un po' più in basso per allineare la cappella al mio ingresso. Era abbastanza alto da entrare in me in piedi da dietro. Scivolò dentro, e io inspirai e gemetti.

«Stai bene, Nadja?» La sua voce era graffiante e

ruvida, profonda di desiderio. Adoravo il fatto di avere il potere di accenderlo in quel modo. Di devastarlo come la sera precedente.

«Sì.» Mi fece scivolare la mano sulla camicia per accarezzarmi il seno mentre iniziava a muoversi dentro e fuori con ritmo lento. La sculacciata mi aveva entusiasmata, e avevo già bisogno di qualcosa di più. «Più veloce, ti prego» lo supplicai.

«Hai bisogno di avere qualcosa di più da questo cazzo, bellezza? Ti darò tutto.»

Si sistemò per mettermi le mani sulla vita, in modo da poter arare più forte. Era una buona angolazione. Potevo portarlo in profondità nonostante la sua lunghezza, e adoravo che mi riempisse. Le sue palle sbattevano contro il mio clitoride, dandomi ulteriori stimoli. Gorgheggiai la mia approvazione con tono bisognoso.

«Ti piace, tesoro?» Cambiò la presa per tenermi la nuca. Mi bloccai per un attimo, mi attraversò una fitta di panico. Il tintinnio metallico iniziò a suonarmi nella testa.

Flynn fu immediatamente su di me per calmarmi. «No, no, no, piccola. Sono solo io. Siamo io e te. Sei davvero al sicuro qui.» Piegò il busto verso il basso sopra il mio culo per abbracciarmi e baciarmi il collo, la mascella, tra le scapole. Mi accarezzò i capelli, mormorando parole confortanti.

Il panico svanì con la stessa velocità con cui era arrivato.

«Sto bene» dissi. «*Spasibo*. Va tutto bene.»

Invece di evitare la posizione che mi aveva innescato, Flynn ritornò a quella. «Sono io, bambina.» Mi tenne la nuca, ma il suo pollice e le sue dita mi massaggiavano i muscoli. «Posso tenerti così?»

Il cuore mi batteva forte, ma dissi: «Sì.»

«Ci sei sempre tu al comando, tesoro. Lo sai, vero?»

Spinse di nuovo dentro e fuori di me. «Se dici fermati, mi fermo. Se dici di più, ti do di più. Ci sono, di qualunque cosa tu abbia bisogno. Siamo insieme in questa cosa. Sono qui per te.»

Mi vennero le lacrime agli occhi; non perché stessi vivendo una tragedia, ma perché mi sentivo benissimo. Perché tutto quello che diceva era giustissimo.

«Anch'io sono qui per te» gli dissi. «Grazie... grazie, Flynn.»

Riprese velocità, strinse le dita intorno alla mia nuca per tenermi ferma mentre sbatteva più forte. Non avevo affatto paura. Lo volevo. Volevo tutto. Volevo che Flynn trovasse il suo piacere con me – e tutto ciò che registravo ora era piacere.

«Lo adoro» gli dissi. «Adoro farlo con te. Mi piace tantissimo.»

«Cristo, Nadja.» Strinse di più le dita e i suoi movimenti divennero irregolari. «Sei così fottutamente perfetta.» Il respiro gli entrava e usciva affannato.

«Sono pronta» gli dissi. «Puoi venire. Voglio venire con te.»

«Oh Dio» mormorò. Scattò con i fianchi, praticamente sollevandomi le ginocchia dal divano a ogni spinta, e il respiro mi uscì in grida più e più volte fino a quando non ruggì e non spinse dentro. «Sto venendo!» Come se non lo sapessi. Il mio corpo era già in perfetta armonia con il suo. Le mie pareti interne si strinsero e spasmarono intorno al suo cazzo, mungendolo, stringendolo. Doveva essere il miglior orgasmo che avessi mai avuto. Di gran lunga.

«Oh mio Dio» ripeté, con le mani che si muovevano su e giù per la mia schiena. «Sei così perfetta, Nadja.»

Anche se era stato lui ad aver fatto tutto il lavoro, ad averlo fatto funzionare per me, sembrava grato. Come se gli avessi appena fatto un regalo enorme.

Ti amo. Sentii di nuovo le parole russe nella testa, ma stavolta riuscii a non pronunciarle.

Mentre si rilassava e andava in bagno a buttare il preservativo, mi resi conto che era pazzesco che mi fossi innamorata così in fretta, ma non potevo negarlo.

Galleggiavo su un raggio di luna, con quel ragazzo. Tutto in lui sembrava perfetto.

Tutto tranne il nostro accordo.

E la sua incapacità di impegnarsi in una relazione.

CAPITOLO DIECI

Flynn

Quando arrivammo al Cremlino per le prove, mi sentii possessivo e protettivo e completamente riluttante a lasciar andare Nadja. Anche se sapevo di fare lo strano appiccicoso, le chiesi se voleva guardare.

«Mi piacerebbe» disse, anche se non rientrava a casa da quasi ventiquattro ore ed era ancora vestita come il giorno prima.

S'intimidì un po' quando entrò per la prima volta nella stanza. Ty e Lake erano già arrivati per l'allestimento.

«Ehi, Nadja» disse Ty.

«Oh, ehi.» Lake sollevò il mento verso di lei.

Fui grato che per una volta i miei amici fossero freddi come me. Non si sorpresero che l'avessi portata alle prove e neanche fecero domande.

Il fatto che tutti e tre fossimo piuttosto rilassati e poco ambiziosi era uno dei motivi per cui la nostra band era diventata di Story quando le avevamo chiesto di unirsi. Era la sorella maggiore di tutti noi. Beh, Lake avrebbe desiderato che fosse di più per lui, ma ora che stava con Oleg la cottarella gli era passata.

Presi una sedia per farla sedere e le diedi un bacio sulla testa.

«Fammi vedere il telefono.»

Glielo consegnai senza chiedere perché.

«Va bene se faccio di nuovo una diretta su TikTok? Penso che i tuoi fan vogliano vedere come funzionano le prove.»

Entrarono Story e Oleg.

«Dio, no, siamo un disastro durante le prove» disse mia sorella. Il suo enorme fidanzato si sedette nell'angolo di fronte a quello in cui sedeva Nadja e incrociò le braccia sul petto, come la sua guardia del corpo, anche se si trovava nell'edificio più sicuro di Chicago considerata la sicurezza di quel posto.

Nadja arrossì, ma difese la sua idea.

«Si può essere anche disastrosi su TikTok. Si tratta proprio di questo. Del vero te. Ecco cosa vuole la gente.»

«Ci sto» dissi. A essere sincero, se Nadja avesse detto che pensava che avremmo dovuto fare paracadutismo dalla cima dell'edificio, avrei detto di sì solo per renderla felice. Qualunque cosa volesse.

Per fortuna mia sorella non era una timida. Era una grande cantante, perché sapeva andarsene in giro per il palco con le calze a rete, gli anfibi e i pantaloncini corti, sempre e perfettamente a suo agio davanti a qualsiasi tipo di reazione. Onestamente, avere Oleg come ancora era la cosa migliore che le fosse capitata, perché con me sapeva essere scostante, e a volte temevo che le rompessero le palle.

Fece spallucce. «Ok, ci sto anch'io. Basta che lo chiudi se sembriamo dei totali coglioni, ok?»

«Ok» concordò Nadja, anche se ero abbastanza sicuro

che avesse intenzione di lasciarlo andare indipendente-
mente da ciò che accadeva.

Avviò il video sul mio telefono e lo appoggiò sul
ginocchio.

«Presentati» disse con il suo accento bello e marcato.

Portai la faccia vicino allo schermo. «Ehi, sono Flynn
Taylor e noi siamo gli Storytellers. Siamo alla nostra prova
settimanale, quindi abbassate le aspettative: è qui che
cazzeggiamo per mettere insieme la nostra merda.» Sorrisi,
feci l'occhiolino e mi rialzai. «Voi volete presentarvi?»
chiesi ai compagni di band.

Story era alla lavagna a scrivere una playlist, così Lake
si avvicinò per presentarsi, poi lo seguì Ty. Quando ebbe
finito, Story saltò la presentazione, ma andò allo sgabello al
centro e salutò. «Io sono Story Taylor, e no, non siamo
sposati.» Indicò entrambi. «Sono la sorella maggiore di
Flynn.»

«Se non fosse che sono io il più grande.» Distolsi lo
sguardo dall'accordatura della chitarra elettrica per
sorridere.

«Sì, è il più grande da quando aveva tredici anni, il
grande cretino.» Poi borbottò verso di noi: «Inizio a
contare. Cinque, sei-cinque, sei, sette, otto.»

Ty iniziò a battere sulla batteria, e lo seguii anch'io
suonando la nostra ultima canzone originale, scritta da
Story. Quando finimmo lei ci diede qualche spunto, poi la
eseguimmo di nuovo. Suonammo altre tre canzoni e ci
prendemmo una pausa.

Stavo morendo dalla voglia di provare la nuova
canzone che avevo scritto oggi con la chitarra elettrica,
quindi mentre loro bevevano acqua e controllavano i tele-
foni, attaccai.

«È nuova?» chiese Story.

«Sì. È per Nadja.» Guardai verso di lei, e il respiro mi

si mozzò in petto quando colsi lo sguardo che mi rivolse in cambio.

Brillava di positività. Non era un sorriso ardente né solare, ma una via di mezzo. Gli occhi marroni erano caldi e i riflessi dorati e ramati nei suoi capelli sembravano riflettere la sua energia. Lì seduta sembrava una dea, intenta a benedirci con la sua presenza angelica. Ricominciai da capo, provando le parole.

INCATENATA al buio con il diavolo
  Ha cercato di mangiarti viva
  Pensi di aver bisogno di essere aggiustata
  So che puoi avere tutto quello che vuoi.

DIEDI con la voce una nota grunge che ricordava Kurt Cobain. Ty si mise in azione alla batteria e si unì con un ritmo lento. Story si bloccò, guardandomi con gli occhi spalancati, come trafitta, poi afferrò la sua chitarra e iniziò un riff punk.

Ripetei la prima strofa ora che avevo gli altri strumenti, poi passai al bridge. Non avevo ancora scritto parole per quella parte, ma era la melodia che mi aveva ispirato Nadja.

«È buona» mi incoraggiò Story quando andai sfumando. «Continua così.»

Lake prese il basso e si unì a noi.

Cazzeggiai un po' con le note. «Ora dovrebbe tornare all'inizio.» Cantai i versi successivi. Tornai al bridge, poi all'hook. «Non so le parole qui, sì» canticchiai, e Ty e Lake risero. Ero coinvolto nel processo di creazione collaborativa, la magia che accadeva quando eravamo tutti insieme per comporre una canzone.

Quando guardai di nuovo Nadja, vidi che le lacrime le scendevano sul viso. Non erano lacrime di tristezza, o almeno non lo credevo. Aveva l'espressione serena mentre ascoltava, ma il viso era bagnato.

Teneva ancora il mio telefono sul ginocchio. Avevo dimenticato di essere stata in diretta streaming per tutto il tempo.

«Prova di nuovo l'hook, ho un'idea» disse Story.

Ricominciai da capo, e lei aggiunse alcuni accordi tosti in sottofondo mentre cantavo e suonavo il ritornello.

«Sì!» Le feci un sorriso mentre continuavo a suonare.

Ecco il vantaggio di lavorare in famiglia. Io e Story eravamo letteralmente cresciuti insieme alla musica. Entrambi avevamo imparato a suonare la chitarra prima di imparare a leggere, e avevamo un repertorio folle a cui attingere. Quella era la mia gioia, il posto in cui mi sentivo più a casa. In cui mi sentivo più me stesso.

C'era da meravigliarsi che non volessi mandare a puttane tutto diventando ambizioso e poi patendo la delusione quando le cose avessero smesso di andare come volevo?

Nadja

TikTok stava impazzendo per gli Storytellers. E anche se io mi limitavo a tenere il telefono, ero orgogliosa di far parte della cosa.

Cercai di non leggere tutti i commenti però, perché c'erano molte dichiarazioni d'amore per Flynn, e le fan mi odiavano. Di brutto. Soprattutto quando avevano capito che Flynn stava scrivendo una canzone per me. La band continuò a cazzeggiare, provando la canzone in modi diversi fino a quando non gli piacque. Era incredibile osservarne il processo creativo.

A un certo punto, Adrian aprì la porta per guardare dentro. Il suo sguardo saltò su di me e si fermò, e mi immaginai attraverso i suoi occhi. Dovevo sembrare molto diversa, perché ero totalmente a mio agio, a casa, con il piede appoggiato sulla sedia e il telefono sulle ginocchia, mentre guardavo la band suonare con un ampio sorriso. Mi guardò per un attimo, poi si tirò indietro e se ne andò senza dire nulla. Per una volta, sembrava credere che stessi bene.

Io credevo di stare bene.

Provarono di nuovo la canzone, e quando finirono Oleg, che normalmente era tanto stoico che non si capiva nemmeno se prestasse attenzione o meno, si sporse in avanti sulla sedia e batté le mani.

Interruppi il live streaming e gli sorrisi. «Quarantuno-mila visualizzazioni. Hai appena guadagnato tremila nuovi follower, e sono aumentati di ventimila dallo streaming di ieri. Sei famoso, Flynn Taylor.»

Si avvicinò e mi baciò, e il calore mi inondò fino alle dita dei piedi. Gli mostrai la schermata di TikTok e arrivò un DM da Cadence. «Oh, ehm, penso che ti abbia inviato un messaggio privato l'ultima volta che ho trasmesso in diretta streaming.»

Alzò gli occhi e prese il telefono senza nemmeno aprire il messaggio. «Le serve un indizio. La disperazione non dona a nessuno.»

Comparve Lake. «Chi è?»

Notai della solidarietà nell'espressione di Flynn, e ricordai che Lake era con Cadence alla nostra prima festa. Probabilmente lei non lo vedeva come un valido sostituto di Flynn.

«No, niente» disse infilando il telefono in tasca e avvolgendo un braccio intorno alle mie spalle. «Nadja ci sta rendendo famosi» disse, cambiando argomento.

«Potete ripagarmi indossando i costumi che ho disegnato per il prossimo video» dissi con disinvoltura, come se per me non fosse la realizzazione totale di un sogno.

«Mi sembra una vittoria per tutti» disse Story, e avrei voluto gettarle le braccia al collo in un abbraccio stritolante.

A volte sembrava tutto troppo facile e troppo bello per essere vero.

CAPITOLO UNDICI

Nadja

«Santa merda» disse Kat in tono intimorito quando Adrian si fermò di fronte al Rue's Lounge la sera successiva. C'era una fila di persone tanto lunga da girare intorno all'edificio. Due settimane prima, se avessi visto quella fila, avrei detto a Adrian di girare la macchina e riportarci a casa. Le folle non erano sicuramente la mia passione. Ma stasera il picco di adrenalina che ricevetti non era dovuto alla paura. Era un'emozione totale.

Era opera mia. Saltai sul sedile, spensierata e innocente come una gatta.

«È merito dei live su TikTok che ho fatto con il telefono di Flynn.»

Kat si girò dal sedile anteriore per guardarmi con esagerato stupore e approvazione. «Sì, vero!» Alzò la mano per darmi il cinque.

«Lasciaci sul retro» dissi a Adrian.

«Cosa? Vuoi andarci comunque?» Sembrava scioccato. Chi poteva biasimarlo? Non sapeva che ero una persona nuova.

«Entriamo dalla porta sul retro» gli dissi.

Una settimana di appuntamenti con il rubacuori degli Storytellers e, a quanto pareva, pensavo di possedere il locale.

Adrian ci fece scendere nel parcheggio e io bussai alla porta sul retro, chiusa a chiave. Quando nessuno rispose, tirai fuori il telefono e mandai un messaggio a Flynn per dirgli che stavamo aspettando.

«Quella porta è aperta?» gridò una ragazza dalla fila.

«Oh, merda» mormorò Kat. «No!» rispose.

«Allora perché state aspettando lì? Vi fanno entrare?»

Due ragazze corsero verso di noi con le zeppe ai piedi, lasciando il posto in coda.

Bljad'.

Proprio quello di cui avevamo bisogno: un bombardamento delle fan di Flynn.

Gemetti interiormente mentre si avvicinavano, e mi resi conto di riconoscerle.

Ovviamente una era Cadence, recente avventura di Flynn e attuale stalker.

«Nadja?» Il suo tono rivelava un misto di sorpresa e sgomento.

«*Privet.*» La salutai in russo, una cosa scortese, ma ero poco entusiasta di vederla.

Si unirono a noi, evidentemente autoinvitandosi al nostro piano per entrare, qualunque fosse.

«Viene ad aprire Flynn?» chiese.

«*Da.* Sì. Dovrebbe arrivare tra un minuto.»

Se solo avessi potuto sbarazzarmi di lei prima…

Agitò un dito tra me e la porta sul retro. «Allora, tu e Flynn uscite ancora insieme?»

Annuii. Se avessi avuto una parvenza di integrità, le avrei detto che io e Flynn eravamo amici con benefici. Niente di più. Ma la mia integrità era uscita dalla finestra nel momento in cui mi aveva raggiunta di corsa. Ora volevo solo rimarcare il territorio su Flynn, rivendicarlo come fidanzato ed essere rivendicata da lui come fidanzata.

«Ottimo» disse Cadence. «Flynn è un'anima *così* gentile.» Stava esagerando. Mi chiesi se avesse già preso qualcosa. «Un vero custode. La prima volta che siamo usciti» – lo presi come codice americano per *fare sesso* – «ero ridotta male.»

Guardai Kat, perché non capivo le sue parole. Lei mormorò la parola russa che significava *droga,* e annuii.

«Mi ha vista andare fuori di testa ed è rimasto con me fino a quando non sono riuscita a rilassarmi. È stato molto dolce.» Annuì con enfasi.

La odiavo.

Qualcosa nella sua storia mi fece annodare lo stomaco. Era troppo disgustosamente familiare. Flynn amava solo accudire le persone? *Bljad'.*

Mi aveva parlato di sua madre, della sua depressione. Logico che provasse un accresciuto senso di responsabilità per le donne in difficoltà.

Gospodi, non volevo essere questo per lui.

Nemmeno tra un milione di anni.

Sì, mi aveva salvata, ma avevo pensato... di essere speciale. Che avessimo una connessione. Ero solo l'ennesima ragazza da salvare? Era attratto dalle donzelle in difficoltà? La porta sul retro si aprì e Flynn e la sua gigantesca presenza piombarono fuori.

«Nadja.» Il suo sguardo si fissò solo su di me. Si avvicinò e mi prese il polso. «Entra, veloce. Siamo oltre la capienza del locale e i buttafuori non lasciano entrare più nessuno.»

«La porta è aperta!» urlò una ragazza dalla fila, e improvvisamente le orde corsero verso di noi.

«Cazzo.» Mi tirò attraverso la porta e restrinse l'apertura. Kat scivolò proprio dietro di me. «Solo voi due.»

«Flynn, sono io!» piagnucolò Cadence con insistenza mentre lui cercava di chiuderle la porta in faccia.

«Oh. Ehi, Candice.» La sua voce non aveva entusiasmo.

«Cadence.»

«Argh. Ok, immagino che anche voi possiate entrare. Ma poi basta. Rue mi ammazza. Se si presenta il capo dei pompieri, dovete sgattaiolare via dal retro.»

Sbatté la porta alle loro spalle proprio mentre frotte di ragazze che gridavano il suo nome raggiunsero la porta.

Mi vennero in mente orde di zombi. Le immaginai dall'altra parte che sbattevano sulla porta, che sbattevano la faccia contro il metallo e gemevano. Non ero solo una ragazza che aveva dovuto salvare. Sembrava sinceramente felice di vedermi.

Vero?

Poi fui pienamente gratificata, perché ignorò tutti gli altri e mi prese il viso con entrambe le mani per baciarmi forte sulle labbra. «È tutto merito tuo» disse. «Tuo, piccolo genio russo.»

«Sì, è vero» mi festeggiò Kat.

Gli sorrisi, alla disperata ricerca di un altro bacio. Anzi... sticazzi. Mi misi in punta di piedi e ne rivendicai uno da me. Il sorriso da pirata fanciullesco che mi regalò dopo mi fece girare il cuore.

Non avevo nemmeno voglia di gongolare per l'espressione acida di Cadence.

Continuò a ignorare tutti gli altri. «Sei sexy.» Il calore mi attraversò. Ero all'ultima moda: abito babydoll olivastro con l'orlo a metà coscia e maniche a sbuffo anni Ottanta, con un paio di stivali neri punk sotto. Avevo realizzato l'abito da sola non appena avevo visto gli ultimi look dalle passerelle, quindi mi andava perfettamente.

Ne stavo facendo uno anche per Kat, in tessuto a quadretti rosso e bianco per assecondare il suo feticcio da studentessa.

«Vuoi il tuo posto vicino al palco?»

Annuii felicemente.

Indicò il punto dove aveva già preparato la postazione, e mi sciolsi.

Improvvisamente capii il significato della parola *estasi*. Flynn mi faceva senza dubbio andare in estasi.

Gli rubai un altro bacio. *«Spasibo.»*

Flynn mi abbracciò e mi tirò contro il suo corpo, una mano scivolò più in basso per afferrarmi il culo. «Che cosa significa?»

Non mi accorsi nemmeno quando sentii Cadence sbuffare e scappare via con la sua amica. «Grazie.»

Io e Flynn avevamo un momento nostro. I nostri respiri si mescolarono. I nostri sguardi si fissarono. Le nostre labbra quasi si toccavano. Avrebbe potuto scoppiare un incendio nell'edificio e noi non lo avremmo mai saputo. Il cuore mi batteva contro le costole con un ritmo felice.

«Torni a casa con me stasera?» chiese a bassa voce.

«Sì.» Non ebbi alcuna esitazione nell'accettare. Se mi avesse chiesto di andare a una festa, avrei detto di sì. Se mi avesse chiesto di andare a Roma, avrei detto di sì. O anche sulla luna. Ecco quanto ero cambiata in una sola settimana. Si era aperta una porta, e ora il mondo intero mi sembrava di nuovo disponibile. E volevo vedere tutto con Flynn.

«Pronti?» chiamò Story. «Nadja, se vuoi Oleg può farti spazio davanti.»

«Lei resta nel backstage» disse Flynn, e poi mi rivolse uno sguardo interrogativo. «O vuoi andare fuori?»

Scossi la testa, e lui sorrise e mi sfiorò le labbra con le sue. «Grazie per essere venuta» disse, come se significasse qualcosa per lui. Come se fosse felice di vedermi. O avesse bisogno di me. Ero stata sciocca a lasciare che le parole di Cadence mi toccassero. Non avevo considerato tutto quello che c'era tra Flynn e me.

Poteva anche essere un playboy, e certamente aveva un cuore gentile.

Ma io non ero come le altre. Ero speciale per lui. Ne ero sicura.

«Dammi il telefono» dissi.

Sorrise. «Vuoi trasmettere di nuovo in live streaming?»

«Sì.»

Mi baciò mentre mi metteva il telefono in mano. «Sei la migliore.»

Sorrisi mentre prendevo posto dietro le quinte e avviavo un'altra live.

Attento mondo, gli Storytellers sono qui e sono pronti a fare il botto.

Flynn

Mi ubriacai dell'energia della folla. Avere Nadja lì mi faceva credere che anche le cose folli fossero possibili. Sembrava completamente a suo agio stasera, senza segnali di panico.

C'era ancora all'ora di chiusura, seduta sul bordo del palco, dondolando le gambe con quei suoi stivali cazzuti.

Il personale aveva avuto un gran da fare per far uscire tutti, ed era evidente che fossero tutti esausti per via della folla. Non vedevano l'ora che ce ne andassimo.

«Vieni qui» dissi, andando all'indietro verso di lei e tenendo le mani aperte per farla salire sulle spalle.

Rise. «Stasera non ne ho bisogno.»

Mi girai per scorgere il suo bel viso sopra la mia spalla.

«Ne ho bisogno io, Pesche.»

Ridacchiò e si arrampicò. Corsi con lei sulla schiena fino al bar, dove Danica era seduta in un angolo in attesa di Rue.

«Stronzetti» disse Danica quando arrivai. «State diventando troppo famosi. È una rottura di palle.» Mi fece un sorriso per ammorbidire le critiche.

«Ti prego, non sbatterci fuori, Rue. Questa è la nostra casa.» Feci un'espressione da cucciolo a Rue, che roteò gli occhi e scosse la testa.

«Vuoi un drink?»

«No, sono a posto. Tu vuoi qualcosa, Nadja?» Misi delicatamente la mia ragazza sullo sgabello accanto a Danica. Stavo facendo da intermediario. Nadja voleva esibirsi con le Black Velvet. E io volevo aiutarla a far sì che accadesse.

«Anch'io sono a posto.» Guardò nervosamente Danica.

«Dovresti vedere i disegni che ha fatto Nadja per le Black Velvet» dissi. «Sono da pazzi.»

«Da pazzi?» Nadja aggrottò la fronte, confusa.

Le toccai la testa con la mia. «Significa incredibili.»

Lo sguardo curioso di Rue si frappose tra me e Nadja, come se stesse assistendo a qualcosa di inaspettato.

Ero diverso con Nadja rispetto a com'ero con le altre? Per forza. Il modo in cui mi sentivo era completamente diverso.

Non ero tipo da mancare di rispetto alle donne. Non si trattava di trovare un culo da toccare o qualcosa di palloso di quel tipo. Ma i miei incontri in passato erano stati molto casuali. Solo incontri. Amichevoli.

Mai intensi.

Quello che provavo con Nadja era più intenso.

Era reale.

Brutale.

Incredibile.

«Davvero? Posso vederli?» chiese Danica.

Nadja arrossì. «Sì, vorrei mostrarteli. Posso venire a prendere le misure?»

«Certo.»

«Ho adorato lo show» sbottò Nadja. «Siete tutte così impetuose e perfette. Prendi...» Deglutì e mi lanciò un'occhiata.

Annuii in segno di incoraggiamento.

«Prendi delle riserve? O delle apprendiste? Come funziona?»

«Vuoi esibirti?» chiese Danica. «Certo. Proviamo il lunedì e il giovedì pomeriggio alle quattro.»

«Qui?»

Nadja sembrava più luminosa e più bella della luna in una notte limpida.

«Sì. Se dici sul serio, vieni lunedì e vediamo se riusciamo in qualche modo a inserirti nello spettacolo. Ci stai?»

«Oh mio Dio.» Nadja si portò una mano sulla bocca. «Dici davvero? Che bello!»

«Ottimo. Potrei essere in grado di metterti in un pezzo di gruppo che eseguiremo alla fine del mese. Che ne pensi?»

«Sì! Ottimo!» Nadja mi guardò, con il viso splendente.

Le diedi un bacio sulla fronte. «Vedi? Tutto è facile da queste parti.»

«Ora porta il culo fuori di qui, Flynn.» Rue pulì il bancone con uno straccio.

«Lo staff è esausto a causa di tutte le tue fan. Sul serio.»

«Subito.» Presi la mano di Nadja e la tirai indietro, sul

palco, dove Oleg aveva già ripulito e imballato tutti i nostri strumenti e le attrezzature. Kat e Adrian se n'erano già andati, apparentemente fidandosi abbastanza del fatto che mi sarei preso cura io di Nadja. «Pronta ad andare a casa mia?»

«Niente feste stasera?»

Diavolo, no, niente feste. Volevo Nadja nuda urlante nel mio letto. Avevo bisogno di parlarle per ridefinire ciò che eravamo, se non fosse che avevo paura di rovinare ciò che avevamo. Perché quello che avevamo stava funzionando davvero bene, cazzo. Alzai le sopracciglia. «Vuoi andare a una festa?»

Scosse la testa. Le afferrai il viso e lo diressi verso il mio per sfiorarle le labbra con le mie. «Bene. Perché penso che dobbiamo continuare ad allenarci.» Mi tirai un po' indietro per farle l'occhiolino.

«Sai, penso che stiamo abbastanza bene insieme.» Sbatté le palpebre nella mia direzione. Per una qualche ragione, pensai che stesse trattenendo il fiato. Ero stato troppo serio? Avevo cercato di mantenere il focus sul solo sesso, il nostro accordo.

Sembrò scuotersi. «Sì. Un sacco di allenamento.»

Suonava eccessivamente luminosa? Forse ci stavo leggendo troppo. A ogni modo, voleva tornare a casa con me, e questo era quello che contava davvero.

CAPITOLO DODICI

Nadja

Tre settimane dopo, ero dietro le quinte al Rue con le farfalle nella pancia.

«Sei incredibile.» Flynn mi accarezzò i fianchi.

Stavo tremando per nervi in un bustino blu-nero e gonna lunga con sottoveste. Avevo una maschera di pizzo sugli occhi e indossavo guanti di raso nero lunghi fino al gomito. Stasera sarebbe stata la mia prima esibizione con le Black Velvet Burlesque, avevo solo una piccola apparizione in un balletto di gruppo, ma ero terribilmente agitata.

«Grazie. Sono nervosa.»

Flynn mi aveva portata alle prove due volte alla settimana, ma non mi aveva solo accompagnata: era rimasto a guardarle come se fossero la cosa più affascinante del mondo. Mi aveva anche portata alle loro esibizioni ogni settimana. C'era stata tensione nella prima prova tra me e le amanti passate di Flynn, ma fortunatamente era svanita rapidamente.

Ero la nuova presenza fissa alle prove e agli spettacoli

degli Storytellers, insieme a Oleg come parte della troupe e videomaker non ufficiale.

Le entrate derivanti dalle vendite online dell'album erano triplicate quel mese, il che aveva tutto a che fare con la loro presenza virale su TikTok.

«Mi vuoi nel backstage o davanti?»

Flynn. Il mio cuore si strinse davanti a tanta premura. Era incredibile, e io ero terrorizzata all'idea di perderlo. Eravamo andati avanti, eravamo diventati parte integrante della vita l'uno dell'altra senza mai affrontare la questione dello status della nostra relazione. Avevo troppa paura di parlargli della possibilità di essere più che amici con benefici. Ogni volta che ci pensavo, mi convincevo che non era necessario. Eravamo già qualcosa di più. Flynn non avrebbe potuto comportarsi come un fidanzato per me più di quanto non facesse già. Non uscivamo con altre persone.

Non parlavamo di uscire con altre persone.

L'unica cosa che non avevamo era un impegno stabile, il che alla nostra età non era realmente necessario. Insomma, non volevo sposarmi domani.

Quindi a che serviva parlarne? Soprattutto perché la mia paura era che avere una conversazione sul punto in cui ci trovavamo lo avrebbe fatto scappare.

Non gli piaceva che le cose fossero intense o che le ragazze fossero appiccicose.

«Vai giù, in prima fila» dissi.

«Ok, andrò a picchettare il posto di Oleg proprio accanto al palco.» Mi fece quel sorriso da pirata e poi un occhiolino che mi sciolse le mutandine.

Annuii. Avevo le mani sudate, ma ero più eccitata che spaventata. Ero nel numero di apertura, un pezzo d'insieme che creava l'atmosfera per lo spettacolo.

Non appena Flynn scomparve, Amy, una delle ragazze

cui era stato legato, arrivò. «Flynn sembra fare seriamente con te.»

«Cosa? Oh, no.» Scossi la testa in segno di protesta. «Siamo...» Non riuscii a convincermi a dire *solo amici*. Anche sapendo che sarebbe potuto arrivare alle orecchie di Flynn se avessi detto il contrario.

«Sì. Lo conosco da molto. È diverso con te. Molto.»

Mi attraversò un filo di calore, riscaldandomi le dita fredde, diffondendosi dal petto alla pancia. Lo sapevo. Sapevo di essere speciale. Insomma, volevo crederci. Ora qualcun altro stava dicendo che poteva essere vero. Un minuto prima mi sentivo leggermente minacciata da Amy, ma ora era la mia migliore amica.

La strinsi in un rapido abbraccio felice. Lei rise. «Sei nervosa?»

Annuii. «Un po'. Ma euforica. Molto euforica.»

«Andrai alla grande.»

Danica avanzò con indosso tacchi a spillo e una gonna che frusciava come le piume di una coda. Era la più cool in assoluto.

«Grazie mille per avermi permesso di unirmi a voi.»

«Siamo felici di averti» disse.

Avevo lavorato ai nuovi costumi per la compagnia, ed erano quasi finiti.

Speravo di riuscire a portarli alle prove della settimana successiva.

Non avevo detto a lei – né a nessuno della compagnia – degli attacchi di panico. Pregavo che non fossero un problema, e speravo che mi dessero almeno una possibilità.

Erano settimane che non ne avevo uno, e io e Flynn uscivamo in pubblico sempre più spesso. Certo, non avevo ancora osato andare da nessuna parte senza di lui, ma sentivo che forse avrei potuto.

E stasera sarebbe stato proprio lì davanti. Quasi come se fosse proprio accanto a me.

«Esco» disse Danica salendo sul palco.

Il pubblico era molto meno di quello che attiravano gli Storytellers. La gente era seduta ai tavoli a parlare e bere. C'era spazio per respirare. Niente che mi facesse scattare.

«Benvenuti.» Danica parlò al microfono usando un tono da dea del sesso. Il pubblico, per lo più quelli che sembravano clienti abituali, applaudì. «Stiamo per iniziare, quindi lasciatemi spiegare le regole per chiunque sia nuovo stasera. Tenete i cellulari in tasca o in borsa, perché non sono consentite fotografie né registrazioni. Accettiamo mance, ma non interrompiamo la performance per prenderle: scenderemo e circoleremo tra il pubblico alla fine di ogni atto. Il denaro è sempre apprezzato. Se avete bisogno di qualche soldo in più, c'è un bancomat nell'angolo, sul retro. È uno spettacolo interattivo, quindi sentitevi liberi di ridere, applaudire e dimostrarci il vostro apprezzamento, ma abbiate rispetto. Questo non è uno strip club e non ci vedrete le tette. Tutto chiaro?»

Inclinò la testa di lato per regalare un sorriso civettuolo e un battito delle ciglia finte blu iridescenti.

La folla applaudì di nuovo, d'accordo.

«Quindi, senza ulteriori indugi, vi presento le Black Velvet Burlesque.»

La musica iniziò e ognuna di noi uscì per mettersi in posa con la propria sedia di legno.

Davo le spalle al pubblico, un piede sulla seduta. Nel momento in cui mi misi in posa, sentii il potere della situazione scatenarsi attraverso di me. Ecco il potere che mi aveva attirata al burlesque. L'idea di possedere la mia sessualità. Di usarla per stuzzicare e giocare e mostrare che ero io ad avere il controllo.

Sugli accenti musicali, cambiammo posa. Mi girai a

cavallo dello schienale della sedia, poi mi inarcai sulla seduta e spalancai le gambe. Poi mi alzai sulla sedia e alzai un braccio in aria. Sei rotazioni di pose, e poi iniziammo a muoverci sul palco, scambiandoci le sedie e aggiungendo più movimenti. Era un'improvvisazione strutturata, ma l'avevamo provata abbastanza perché potessi impostare la mia parte, quindi non avevo il panico di non sapere cosa fare.

Non che mi sentissi in preda al panico. Al contrario, ero piena di potere ed energia.

Diventai più sicura a ogni urlo del pubblico, soprattutto perché sentivo la voce di Flynn nel mix.

La parte successiva del balletto prevedeva che rubassimo la sedia a un'altra ballerina, una sorta di gioco della sedia sexy che fece ridere il pubblico, specialmente quando iniziammo a togliere pezzi del costume alle altre ballerine per punizione.

Sfilammo tra il pubblico.

I lati della mia gonna erano stati strappati via, quindi mostravo un assaggio delle giarrettiere e delle calze nere mentre camminavo.

Raccolsi banconote da uno e cinque dollari dalle dita delle persone e offrii a ciascuno un sorriso o un bacio sulla guancia, o talvolta passai un dito su una parte del corpo con la mano guantata.

Stavo tenendo Flynn per ultimo, ma non ce la feci.

Non ce la feci perché l'odore del fumo di sigaro mi riempì le narici e il mio cervello divenne sfocato.

Il metallo iniziò a stridermi nella testa. Mi rotearono gli occhi. Quasi caddi a terra. O forse caddi davvero a terra.

Non lo sapevo, perché ero completamente andata. Non riuscivo a respirare. Era tutto fottutamente rumoroso.

E poi arrivò Flynn.

Non riuscii a vederlo – non vedevo ancora nulla – ma sentii la sua presenza intorno a me.

Mi prese e mi trasportò.

E poi fummo fuori. L'aria gelida di Chicago mi punse i sensi come dei sali.

Pian piano, divenni consapevole dell'oscurità. Del suono del traffico. Delle imprecazioni borbottate di Flynn.

Ero in piedi, appoggiata al muro di mattoni.

«Apriamo questo.» Mi resi conto che le sue dita stavano freneticamente forzando i lacci del corsetto così che potessi respirare, ma l'idea di essere spogliata, di lasciarlo cadere ed espormi alimentò il mio panico.

«No, no, no, no.» Mi girai e lo spinsi via.

«Va bene, tesoro. Ti tengo io.»

Mi raccolse di nuovo dolcemente tra le sue braccia e mi strinse in un abbraccio stretto e saldo.

C'era sicurezza. Nella quiete. Il calore del suo corpo contrastava con l'aria gelida. Dopo pochi minuti, registrai il tamburo costante del battito cardiaco di Flynn contro l'orecchio. Sollevai la testa dalla sua spalla, dove l'avevo tenuta premuta, e lo guardai battendo le palpebre. «*Gospodi.* Non so nemmeno cosa sia successo.» Scoppiai in lacrime. «Un minuto stavo bene e poi... *bljad'* – non lo so.»

La porta sul retro si aprì e Danica si affacciò. «Nadja? Stai bene? Cos'è successo?»

«Va tutto bene. È solo svenuta.» Mentì Flynn per me. «Penso che il corsetto fosse troppo stretto.»

Mi asciugai frettolosamente le lacrime e annuii cercando di fingere di stare decisamente bene. Come se non avessi perso completamente la testa. Quello era stato di gran lunga il peggior episodio che avessi mai avuto.

Era stato innescato dal nervosismo? Per l'esibizione?

Danica se ne stava lì con una mano sul fianco. Non credeva a Flynn. Certo, non aveva senso. Ma non volevo dirle la verità. Non volevo essere cacciata dalla compagnia. Quella era la prima cosa a catturare davvero il mio entusiasmo – oltre a Flynn – dai tempi della prigionia.

«Mi dispiace tanto» dissi. «Spero di non aver rovinato il pezzo.»

«No, è andato bene. Non credo che qualcuno se ne sia accorto, visto che stavamo facendo il passaggio fra il pubblico.»

Mi asciugai una lacrima fresca con il dorso della mano. «Sono fuori dalla compagnia?»

«Non essere ridicola. Certo che no.» Mi fissò per un altro momento, come cercando di capirmi. «Adesso stai bene?»

«Sì. Sono solo imbarazzata. Grazie.»

Annuì e tornò dentro. Mi afflosciai contro il corpo robusto di Flynn.

Fortuna che non avevo detto a Kat, Adrian o a chiunque altro che mi sarei esibita. Far vedere loro il mio tracollo sarebbe stato completamente demoralizzante.

«*Bože moj.* Non so cosa sia successo. Sono *svenuta?*» chiesi. Non riuscivo nemmeno a ricordare. Era come se mi fossi oscurata.

Non ricordavo cosa l'avesse innescato.

«No.» Flynn mi accarezzò la guancia con il pollice e appoggiò la fronte contro la mia. «Ti sei solo paralizzata e sei andata in iperventilazione. Sembravi...» Deglutì.

«Cosa?» Scosse la testa; sapevo che mi avrebbe nascosto la verità. «Dimmi» dissi ferocemente.

Distolse lo sguardo. «Sembravi spaventata. Più che spaventata. Terrorizzata. Mi hai spaventato. Così ti ho presa e ti ho portata qui.»

Sbattei le palpebre, uscendo dai miei panni per entrare per un attimo in quelli di Flynn.

È un vero custode. Le parole di Cadence mi riecheggiarono nelle orecchie.

Gospodi, non volevo fargli questo. Non volevo farne il mio custode. Il mio soccorritore. Stasera, sul quel palco, avrei voluto essere forte e carica.

«Quel... quel ragazzo ti ha toccata? O ha detto qualcosa?» Flynn ebbe un'insolita moto di violenza nei suoi confronti, quasi come se stesse incanalando l'iperprotettività di Adrian.

«Quale ragazzo?» Cercai di ricordare cosa fosse successo prima di andare in tilt, ma non riuscivo a ricordare nulla.

Cosa mi stava succedendo?

«Boh, l'ultimo ragazzo da cui hai preso i soldi prima di impazzire.» Flynn scosse la testa. «Lascia stare, non importa. Non dobbiamo parlarne per forza.»

Tremai tra le sue braccia, il freddo mi raggiunse le spalle nude e le cosce.

«Vuoi tornare dentro o vuoi filartela?» Quando corrugai la mia fronte, disse: «Per filarcela intendo andarcene.»

«Andiamo via. Per favore.» Mi attraversò ancora più delusione per il fatto di non riuscire a finire il balletto. Odiavo infilare la coda tra le gambe e scappare, ma il pensiero di tornare dentro mi rovesciava lo stomaco. Chissà perché, ma ero sicura che mi sarebbe venuto un altro attacco se lo avessi fatto.

Ero così delusissima che l'ansia mi avesse rovinato la grande serata. Proprio quando mi sentivo così bene…

«Vuoi che vada a prendere la tua roba?»

Non avevo bisogno di un soccorritore.

Non era giusto per Flynn.

«Posso rientrare io» dissi, ma non mi mossi. Non ero sicura di riuscirci. C'era qualcosa di enorme che incombeva, appena oltre la mia parte cosciente, in attesa di attaccare.

Flynn vide la mia esitazione. «Puoi aspettare nel furgone. Lo avvio, così si scalda.» Mi guidò nel parcheggio con un braccio intorno alla spalla. Aprì il lato passeggero del furgone e mi aiutò, poi andò al lato del conducente e mise in moto. «Torno subito, Pesche. Chiudi le portiere, ok?»

Che cosa strana da dire: Flynn di solito non mi metteva in guardia sulla sicurezza. Feci scattare le serrature mentre la grata di metallo macinava e si agitava nelle mie orecchie.

Le lacrime mi riempirono gli occhi e nel petto sentii palloncini pieni d'aria che non riuscivo a ingoiare né a espirare. Il senso di pericolo ritornò mentre guardavo Flynn correre di nuovo dentro al Rue.

Non sono in pericolo. Non sono in pericolo. Sono totalmente al sicuro in questo momento. Il terapeuta mi aveva spiegato che i nostri corpi rispondevano alla minaccia immediata con lotta, fuga, blocco, congelamenti o condiscendenza.

A me capitava di bloccarmi.

Mi aveva spiegato che il mio corpo ora portava il ricordo del trauma, e la stessa risposta si innescava anche se non ero più in pericolo.

Oscillai avanti e indietro sul sedile, cercando di respingere il panico che minacciava di sopraffarmi.

Forse lì non ero al sicuro. Perché Flynn mi aveva detto di chiudere a chiave le portiere?

Il ricordo di essere stata afferrata nel parcheggio del lavoro mi lampeggiò nella mente al suono delle catene che tintinnavano.

Oddio. Catene. Manette. Collare. Guinzaglio. Flynn ritornò e avviò il furgone. «A casa mia?» chiese.

Mi costrinsi ad annuire. «Flynn» sussurrai. «Ho sentito odore di sigaro.»

«Non ti seguo.»

«Stasera, allo spettacolo. Ecco cosa mi ha fatto partire. Era lo stesso odore di…»

«Oh cazzo.» Flynn sembrò capire. «L'odore ha innescato la risposta di paura o qualcosa del genere.»

«Esattamente.» Un respiro mi fece rabbrividire la pancia. «Pensi che…» Riuscivo a malapena ad accennare alla possibilità. «E se fosse lui?»

Flynn mi guardò, le sopracciglia basse.

«Ne dubito» disse. «Cioè, *era* lui? Lo riconosceresti?»

Per una qualche ragione, non riuscii a ripescare il ricordo del suo volto: era nascosto nell'ombra della mia mente. Avevo solo l'idea di un sogghigno. Solo l'odore.

Scossi la testa. «Non lo so.» Ma non volevo che quello diventasse un problema di Flynn. Non avrebbe dovuto essere il mio soccorritore. E nemmeno Adrian. Ero forte. Stasera ero salita su un palco e avevo ballato. Stavo reclamando la mia sessualità.

«Mi dispiace. Ora sto bene» mentii.

Non avrei fatto la pazza con Flynn. Era l'unico che mi faceva sentire normale. O almeno semi-normale.

Non avevo intenzione di permettergli di caricarsi dei miei fardelli. Non era giusto.

Nadja

Mi svegliai nel cuore della notte nel pieno di un attacco di panico.

Non riuscivo a respirare. Il tintinnio del metallo mi circondava. Il fumo di sigaro mi bruciava le narici. Mi mossi per sedermi, ma non sapevo dove mi trovavo. Non fino a quando non sentii la voce assonnata di Flynn.

«Nadja?»

Flynn.

Ero nella sua camera da letto. Le lacrime mi bruciarono gli occhi mentre il mio respiro sibilava gradualmente.

«Era quello col sigaro?»

Fui molto grata del modo in cui pose la domanda. Portandolo fuori dall'ombra, e nella luce.

«Sì.» Ricordavo alcune parti del sogno. L'uomo con il sigaro era sopra di me, mi soffocava con un guinzaglio da cane a catena. Flynn mi porse una bottiglia d'acqua e bevvi un sorso. «Pensavo che sarei morta. Avrei voluto essere morta.»

«Nel sogno o quando è successo davvero?»

«Non lo so. In entrambi i casi, penso.»

Flynn fece oscillare le lunghe gambe giù dal letto e si alzò.

«Dove vai?»

Flynn era dolce: mi lasciava tenere una luce accesa quando dormivamo, ma non volevo comunque che mi lasciasse. La paura del sogno stava ancora attraversando il mio corpo.

«Vado a prenderci un gelato. Perché il gelato migliora tutto.»

Si diresse verso la cucina, e io tirai le coperte fino al mento; un debole sorriso mi stirò le labbra.

Ritornò con una vaschetta di gelato Ben & Jerry's Cherry Garcia e due cucchiai e salì di nuovo sul letto.

E all'improvviso Flynn rese la parte più brutta della mia vita di nuovo accettabile, quasi piacevole, persino.

Perché il gelato Cherry Garcia era incredibilmente buono, specialmente mangiato a letto con Flynn Taylor.

Il tizio con il sigaro non mi teneva più saldamente in pugno perché ora avevo qualcosa con cui distrarmi. Il gelato e Flynn.

CAPITOLO TREDICI

Domenica restammo a letto fino al tardo pomeriggio. Il mio corpo era dolorante e devastato in tutti i posti giusti. Non mi sentivo così a mio agio nuda o persino nella mia pelle da prima del rapimento. In realtà, non mi ci ero mai sentita.

Qualcosa in Flynn mi permetteva di abbassare la guardia. Di sentirmi libera. Come se tutto fosse possibile.

Flynn aveva racimolato altri cinquantamila follower dal concerto della sera prima. Le brevi clip che avevo postato sembravano essere diventati virali.

Il telefono gli notificò un messaggio in arrivo, e lui lo prese e guardò.

«Ehi, è mio padre» disse appoggiandosi a un gomito. «Vuole sapere se posso sostituire qualcuno della sua band tra un'ora.»

«Sì! Voglio vedere la sua band. Con te che suoni. Posso venire?»

Flynn fece un sorriso pigro. Mi fece tremare il cuore.

«Beh, sì. In realtà ti volevo proprio chiedere se ti

andava se suonavo. Insomma, non sapevo per quanto tempo saresti rimasta.»

«Oh!»

Gospodi, ero rimasta troppo a lungo? Stava diventando troppo intenso per lui? Non volevo essere come quell'orribile Cadence. Strisciai giù dal letto. «Ora posso andare. Non c'è problema.»

Flynn mi afferrò dalla caviglia e mi tirò indietro. «Ehi. Dove vai? Aspetta. Non voglio che tu te ne vada.»

«Davvero?» Cercai di non sembrare felice e speranzosa come mi sentivo.

Penso che stiamo abbastanza bene insieme.

Una volta me l'aveva detto, ma non sapevo se intendesse a letto o come coppia. Probabilmente non còme coppia, perché non era quello che eravamo.

Strisciò su di me. Le sue lunghe ciocche gli pendevano sull'occhio destro.

Era bellissimo al sole del mattino. Magnifico, davvero.

Avrei voluto poter catturare quel momento per i suoi fan.

Non per me. Non potevo aggrapparmi a lui. A questo.

Mi cavalcò la vita e mi inchiodò i polsi accanto alla testa. Poiché era Flynn e il suo tocco era delicato, nulla della situazione mi ricordò la prigionia.

«Pesche, ho una questione da risolvere con te.»

«Che significa?» Non avevo proprio capito il senso della frase.

«Significa che ho un reclamo da presentare.»

«Ah.» Il battito prese velocità. Ero già turbata prima ancora di aver sentito perché era arrabbiato con me.

«Mi sto stancando che non avanzi pretese su di me.»

Battei le palpebre. Cercai di comprendere le parole. Battei le palpebre ancora un po'. «Cosa?»

«Ti ho appena chiesto di decidere su quello che dobbiamo fare stasera e tu cerchi di svignartela.»

Svignarmela. Ricordavo quella parola. Significava *andarmene.*

Un rossore caldo divampò sulla mia pelle, strisciandomi sul petto e su per il collo fino al viso.

Stavo capendo bene? Stava dicendo che avevo... *diritti* su di lui? Sul suo tempo? Sulla sua vita?

«So di non sembrare il ragazzo più affidabile del mondo. Prima di conoscere te, facevo festa cinque sere a settimana. Dormivo in giro. Non mi impegnavo praticamente in nulla. Quindi capisco se non credi che possa essere considerato una persona responsabile.»

«Aspetta. Non è vero. Non è affatto vero. Non penso nessuna di queste cose di te, Flynn.»

Il dolore mi attraversò il cuore nel sentire come si vedeva. Avevo contribuito io all'immagine che aveva di se stesso? Non capivo come.

Fece spallucce. «Puoi chiedermi di più, Nadja. Cioè, se vuoi.»

Aprii le labbra, ma non sapevo cosa dire.

Che cosa mi stava proponendo? Di diventare il mio ragazzo?

«Io lo voglio» disse.

«Non capisco» confessai. Più che a una barriera linguistica, pensai che Flynn non fosse completamente chiaro.

Mi guardò coi suoi caldi occhi castani.

«Vuoi qualcosa di più?» Presa tra la fretta di assicurargli che tutto ciò che mi aveva dato era più che sufficiente e desiderosa di implorarlo di avere tutto – l'intero pacchetto Flynn, che comprendeva vivere insieme, comprare piatti e usare spazzolini abbinati – finii con la bocca aperta senza riuscire a dire una parola.

In quel momento, vidi che qualcosa si spegneva dietro i suoi occhi.

«Va bene» disse lasciandomi i polsi. «Quello che abbiamo mi piace.» Si arrampicò su di me.

«Aspetta!» Gli afferrai le spalle, ma con mia angoscia, continuò a muoversi. Gli saltai sulla schiena, avvolgendogli le braccia intorno al collo e le gambe intorno alla vita, così quando si alzò si ritrovò a portarmi.

Rise; il mio peso ci portò entrambi a rovesciarci all'indietro verso il letto.

«Ti piace?» chiesi. «Posso richiedere anche le corse a cavalcioni?»

Si liberò dalla mia presa e si girò, facendomi il solletico. Urlai e risi, spingendogli via le mani.

«Mi incazzerei se non lo facessi.» Adoravo il rombo profondo della sua voce.

«Posso chiedere sculacciate?» Stavo impersonando Kat, ma volevo la giocosità che avevano lei e Adrian. Quella leggerezza e il legame che avevano l'uno con l'altra.

Flynn mi lanciò a pancia in giù e mi fece ricadere qualche schiaffo sul culo.

«Sempre. Hai un culo perfetto per le sculacciate.»

Cercai di pensare a cos'altro chiedergli. Non ero ancora sicura di cosa volesse da me; tutto ciò che sapevo era che volevo disperatamente darglielo. Tutto ciò che desiderava. «Voglio la mia canzone.»

Flynn mi fece rotolare sulla schiena. «Stai per averla, la tua canzone, tesoro. Ci sto lavorando, ma non è ancora pronta.» Si chinò e mi baciò.

«Farò richieste tutto il giorno, Flynn Taylor. Ti pentirai di averlo chiesto.»

Non sembrava dispiaciuto, però. Sembrava molto più contento di pochi minuti prima.

«Allora dimmi cosa vuoi fare nel pomeriggio.»

Ah.

Il mio polso accelerò quando finalmente capii l'essenza di ciò che mi stava chiedendo. Stava dicendo che potevo decidere del suo tempo. Dei suoi piani. Della sua vita. Mi stava davvero dando questo? Respirai e mi sedetti di fronte a lui. Eravamo naso contro naso.

«Voglio assolutamente vederti suonare con la band di tuo padre.»

Il sorriso di Flynn mandò a fuoco tutto il mio mondo. Le fiamme toccarono le pareti della sua camera da letto, il pavimento, il letto. Con un semplice sorriso, bruciò i muri tra di noi, e io non ebbi altro posto dove correre se non tra le sue braccia, in mia attesa.

«Andiamo, tesoro.» Saltò giù dal letto, facendomi l'occhiolino da sopra la spalla mentre andava al comò a prendere i vestiti. Mi sedetti sul letto a guardare, assaporando il momento. Non volendo condividere tutto ciò con i fan di Flynn. No, avrei tenuti quell'incredibile scena tutta per me.

Flynn

La band di mio padre suonava in un microbirrificio della periferia che accoglieva un pubblico di cinquantenni e oltre della classe medio-alta. I Nighthawks erano una scelta sicura perché suonavano la musica di quella generazione, anche se avrebbero potuto diventare un po' più rumorosi di quanto il manager si aspettasse.

Parcheggiai e scaricai la chitarra e l'amplificatore dal furgone.

Nadja cercò di prendermi la chitarra, ma non glielo permisi.

«Non sei il mio mulo da soma, Pesche.»

«E cosa sono?» chiese.

«La mia musa.» La mia ragazza. La mia ispirazione. Il mio tutto.

Le piacque la risposta. Le afferrai la nuca e la tirai verso di me per un bacio, respirando il suo profumo di caramello.

«Il tuo lavoro è apparire bella ed essere te stessa. Riesci a farcela?»

Adoravo vedere le risate illuminare il suo bel viso.

«Sì.»

«Bene.»

Entrammo insieme. Mio padre era sul palco ad allestire l'attrezzatura con Lenny, il batterista, e David, il tastierista. Sostituivo Jeff.

Mio padre strabuzzò gli occhi nel vedermi con una ragazza. Finora ero stato tale e quale a lui in fatto di donne. Non avevo avuto relazioni lunghe. Non avevo avuto nemmeno relazioni brevi.

Sollevai l'amplificatore sul palco e gli misi accanto la mia chitarra, poi feci giro per salire le scale e sistemarmi.

«Ehi, bello. Chi è la tua amica?»

Fidanzata. Chissà perché, ma mi fece incazzare il fatto che non usasse quella parola. Volevo pieni diritti su di lei. Volevo possedere il suo mondo tanto quanto lei possedeva il mio.

«Lei è Nadja. Nadja, ti presento mio padre, Shawn.»

«Ehi, Nadja.» Puntò la testa verso di me. «Siete usciti insieme ieri sera?» Argh.

Mi si rivoltò lo stomaco all'ipotesi che non fosse altro che l'appuntamento di una sera.

Il sorriso di Nadja vacillò. Strinsi le dita tra le sue. «Usciamo insieme tutte le sere. Nadja è la mia musa.»

Ecco. Se non potevo dire che era la mia ragazza, avrei usato di brutto il titolo che mi stava permettendo di usare.

«La tua musa, eh?» Mio padre sfoggiò un sorriso che

sapevo assomigliare molto al mio. «Tutti ne hanno bisogno. Piacere di conoscerti.»

«Piacere mio» disse.

«Ah, sei russa» disse quando sentì l'accento. «Ti piace
Oleg?»

«Vive nello stesso edificio di Story e Oleg. È lì che ci
siamo conosciuti.»

«Bello. Ti piace la musica?»

«La adoro. Soprattutto quando suona Flynn.»

«Ottimo. Lo vedrai cantare un bel po' anche questo
pomeriggio. Sostituirà il frontman.»

«Oh, bene!» Batté le mani. «Vorrei che facesse di più il
frontman anche con gli Storytellers. I suoi fan vogliono di
più da lui.»

Mio padre mi lanciò uno sguardo interrogativo, e
provai un moto di vergogna per la mia ritrovata popolarità.
No, non vergogna. Colpa.

Come se non avessi dovuto avere ciò che mio padre
desiderava tantissimo ma non aveva mai ottenuto.

Credo che volesse essere più grande degli U2. Dei
Rolling Stones. Come i Beatles, con le femmine urlanti che
lanciavano le mutandine e svenivano quando passava.

Aveva avuto un sacco di movimento – non fraintende-
temi – che poi era stato la fonte delle nove rotture dei miei
– ma mai l'adulazione che desiderava veramente.

Chissà come, ma lo sapevo. Non era mai uscito allo
scoperto né l'aveva detto in modo specifico, ma era mio
padre. Aveva buttato cose qua e là che mi avevano
permesso di mettere insieme il pensiero che i suoi sogni
erano stati rinviati. Essiccati come l'uvetta di Langston
Hughes al sole.

Sapevo che era amareggiato dal fatto che anche i suoi
compagni di band non fossero mai stati in grado di scri-
versi i propri successi. Avevano ripiegato sulle cover di altre

popolari canzoni rock degli anni Ottanta e alla fine avevano smesso di comporre. Sospettavo che l'abuso di droghe e alcol avessero avuto un ruolo nella cosa.

Mio padre era perfettamente funzionale, ma sicuramente l'avevo visto in tanti alti e bassi quanti quelli di mia madre, e tutti legati a feste eccessive. I problemi di mia madre erano solo più onesti. Non pensavo che mio padre si fosse mai preso il tempo di guardare alle proprie responsabilità. Quindi non gli accennato del nostro recente successo, a parte raccontargli dei video che avevamo fatto con le star dello skateboard qualche mese prima.

E dubitavo pure che glielo avesse detto Story.

Mi venne in mente che la paura di eclissare mio padre poteva essere un altro dei motivi per cui non mi ero mai impegnato troppo con la band. Anche ora, mi ritrovavo a sperare che Nadja non dicesse altro riguardo ai fan. Né al nostro crescente successo.

Mi guardai intorno per studiare l'allestimento del palco. Non c'erano delle quinte, era solo un semicerchio in un angolo.

«Non c'è backstage qui, Pesche, ma se ti siedi davanti in centro canterò ogni canzone solo per te.»

Nadja finse di svenire, il che mi fece ridere.

«Va bene. Dammi il telefono.»

Adoravo quando avanzava delle richieste.

Le porsi il telefono, sapendo che avrebbe iniziato a pubblicare foto, video e live streaming di me. Non mi dispiaceva, perché la rendeva felice. Le dava qualcosa da fare, e che si sentisse più sicura a guardare il mondo attraverso l'obiettivo per me andava bene.

Collegai l'amplificatore e sintonizzai la chitarra, e mio padre mi elencò la playlist.

Erano tutte canzoni classiche e divertenti. Lo stile era totalmente diverso da quello degli Storytellers, ma era la musica con cui ero cresciuto, quindi un gioco da ragazzi per me.

Il locale era pieno per circa un terzo, ma era ancora presto e la band non aveva ancora iniziato a suonare.

Sicuramente non ero particolarmente orgoglioso di suonare in un bar vuoto. Diavolo, gli Storytellers avevano trascorso tre anni a suonare davanti a chi si presentava.

Nadja occupò il tavolo davanti e ordinò hamburger e patatine fritte mentre finivamo di prepararci.

Iniziammo con *Start Me Up* dei Rolling Stones, con mio padre alla voce principale che stimolava la folla.

Nadja appoggiò il telefono contro la sua borsa, sul tavolo, per trasmettere in streaming. Passammo ai Boston e poi una canzone dei Chicago e alcune dei Van Halen. Mi divertii a cantare per Nadja, magari mettendomi un po' in mostra.

C'era una piccola parte di me che stava prendendo in giro la musica dei vecchi tempi, e una piccola parte che invece le rendeva omaggio.

Era tutta musica che metteva di buonumore. Lo spazio si popolò di pubblico che sembrava gradire, il che rese felice mio padre.

Alla fine della serie, mi buttai su una sedia accanto a Nadja e sgranocchiai le sue patatine fritte.

«TikTok impazzisce per te» disse con un sorriso.

«Ah sì?»

«Amano le situazioni padre-figlio. E vederti fare rock classico. Le tue fan dicono che stanno venendo per vederti dal vivo.»

«Oh, merda.» Mi si rovesciò lo stomaco.

«Che c'è?»

Come si sarebbe sentito mio padre se le mie fan fossero piombate alla sua serata? Non sarebbe finita bene.

«È solo che… non voglio rubare la scena a mio padre, sai.»

Nadja aggrottò le sopracciglia. «Come?»

«Insomma, questo è il concerto della sua band. Non voglio essere io il protagonista.»

Sembrò solo ulteriormente confusa. «Flynn, tuo padre è felicissimo di suonare con te. Hai idea di quanto sia orgoglioso di te?»

Mi grattai il collo.

«Davvero. Hai sentito il modo in cui ti ha presentato? Ama farti suonare con la band. Ecco perché ti ha messo come frontman.»

«No, è solo perché sostituisco quello che canta.»

Scosse la testa. «Sei riluttante sulla cosa, Flynn.» Esitò. «Forse a causa della tua infanzia, tu e Story siete abituati a fare da genitori ai vostri genitori. Lo capisco, ho un papà alcolizzato.»

Secoli di dolore immagazzinato nelle cellule si riversarono improvvisamente nel mio intestino. Ero sopraffatto dall'emozione. Con il peso che portavo da ragazzo, il cercare di analizzare, capire e guidare tutte le emozioni e le dinamiche nella nostra caotica casa...

C'era molto amore ma nessuna stabilità.

I nostri genitori riuscivano a malapena a prendersi cura dei loro drammi per notare i nostri. Nadja dovette vedere il mio dolore, perché allungò la mano e coprì la mia con la sua.

«I genitori vogliono che i figli li superino. O almeno dovrebbero. Altrimenti è un loro problema.»

Proprio in quel momento mio padre si unì a noi, e Nadja tirò via la mano e afferrò una patatina. «Ti stai godendo lo spettacolo?» le chiese.

«Moltissimo» disse Nadja. «I fan di Flynn adorano

vederlo suonare con suo padre. È probabile che si stiano precipitando tutti quaggiù.»

Le sopracciglia di mio padre si alzarono, ma non sembrò sconvolto. Piuttosto era interessato. Forse anche contento.

«E chi sono questi fan? Hai un grande seguito, caro?»

Mi ficcai una patatina in bocca.

Nadja rispose per me. «Adesso ai concerti hanno una fila che fa il giro dell'edificio. Sono sicuramente in ascesa.»

«Tutto grazie agli sforzi promozionali di Nadja» dissi. «Ha pubblicato video e live delle esibizioni e delle prove.»

Mio padre guardò Nadja con un nuovo interesse. «Geniale.» Scosse la testa. «I social hanno cambiato tutto, vero?»

Parve proprio un appartenente alla generazione X, cosa che in effetti era.

«Tutto TikTok, giusto? Le cose sono diversissime ora: non devi aspettare di essere scoperto. Puoi crearti da te la fama.»

«Sì.»

«Potreste rimanere indie e controllare il vostro futuro. I percorsi verso il successo sono più variegati di quanto non fossero in passato.»

C'era un entusiasmo in mio padre che non avevo mai visto prima.

Qualcosa in me si rilassò. Non era geloso. Il nostro successo non gli avrebbe fatto del male. Nadja aveva ragione: i genitori vogliono che i figli li superino.

Forse ero io a non volerlo superare. Per renderlo meno di un uomo o di un modello o di un musicista. Volevo dimostrare che il percorso che lo aveva portato a suonare solo in piccoli concerti locali era la strada da percorrere. Era abbastanza.

Ma Nadja mi stava aiutando a capire che, anche se

poteva essere sufficiente, poteva anche esserci di più. Potevo credere in qualcosa di più grande. In qualcosa di enorme, anche. Mi terrorizzava, ma allo stesso tempo sembrava possibile. Lì, pronto a essere preso, se solo fossi stato disposto ad allungare la mano.

«Sì, rimanere indie sarebbe bello» dissi.

Era la prima volta che prendevo in considerazione la questione, se rimanere effettivamente indie o andare con una major, se entrambe le occasioni si fossero presentate. Ero sempre stato convinto di dover essere "scoperto".

Come se avessi dovuto mettermi lì ad aspettare che altri venissero da me, invece di mettermi in gioco. Ma cosa sarebbe successo se la possibilità di rimanere indie fosse stata una scelta reale e non una conseguenza? Era un'idea interessante.

«Potresti assumere la società pubblicitaria di Chelle perché gestisca il tuo account. Scommetto che ha già delle idee su come portare la band al livello successivo.»

Nadja allungò la mano e pulì una macchia di ketchup dall'angolo della mia bocca con il pollice. Un gesto semplice, ma intimo e premuroso. Le presi il polso e le riportai la mano verso di me per baciarle il dorso. Mio padre seguì tutto con interesse. Doveva essere strano vedermi con una cui ero tanto legato quando non avevo mai nemmeno portato una ragazza a casa.

«Chelle è quella che vi ha messi in contatto con gli skateboarder?» chiese.

«Sì, lavora per una grande azienda di pubbliche relazioni, e vive anche lei nell'edificio di Story.»

«Un'altra russa?»

«La fidanzata di un russo.»

«Sembra una grande risorsa.» Mio padre annuì e si alzò dal tavolo.

Mentre si allontanava, mi sporsi e baciai la guancia di Nadja. «Avevi ragione.»

Batté le ciglia con un sorrisetto compiaciuto. «Dillo di nuovo.»

La baciai di nuovo. «Avevi ragione, avevi ragione, avevi ragione. Lo dirò tutto il giorno.» Mi alzai, perché la band si stava ricomponendo sul palco. «Richieste?»

«La mia canzone?»

«Mi dispiace, Pesche. Non è pronta. Ti suonerò qualcosa di bello, però.»

Ricominciammo e passammo alla seconda serie di pezzi, seguendo la scaletta che mio padre mi aveva dato. Per tutto il tempo, mi scervellai alla ricerca di una canzone che la band conoscesse e che potessi cantare per Nadja.

Mi vennero in mente alcune esuberanti ballate romantiche rock che sarebbero state divertenti, come *You're the Inspiration* dei Chicago o *Every Woman in the World* degli Air Supply, ed ero decisamente pronto a fare lo sdolcinato, ma me ne sarebbe piaciuta una un po' più onesta. E poi ci pensai...*I'm Gonna Be (500 Miles)* dei Proclaimers.

Era una canzone facile da suonare e aveva un po' del tocco punk degli Storytellers. Ero sicuro che mio padre la conoscesse, perché ce la cantava quando eravamo piccoli, con tanto di finto accento scozzese e tutto il resto. Quando finimmo una versione di *Down Under*, che avrebbe dovuto essere la canzone di chiusura del concerto, accennai il riff del pezzo guardando indietro a mio padre per vedere se lo riconosceva.

Aggrottò le sopracciglia, così gliela suggerii. «*Five hundred miles*.»

Sorrise e si unì a me, battendo il ritmo alla batteria. Portai le labbra al microfono. «Questa canzone è per Nadja, la mia musa.»

~

Nadja

Flynn mi regalò uno dei suoi sorrisi da pirata che mi scioglievano le mutandine. Mi sarebbe piaciuto vederlo senza barba. Ero sicura che fosse ancora più devastante.

Alzai il telefono, perché stavolta volevo pubblicare. Volevo che tutti là fuori vedessero Flynn cantare una canzone per me.

«Canta, Flynn!» urlò qualcuno, e il posto esplose in applausi.

Mi resi conto che, in effetti, alcuni dei suoi fan si erano presentati. C'erano dei giovani al bar, e ora tutti i posti erano occupati. Ogni minuto che passava entravano altre persone dalle porte.

Guardai in quella direzione e il mio cuore affondò. Argh. Di nuovo Cadence. Quella ragazza non avrebbe mai smesso di perseguitare Flynn? Che problemi aveva?

Mi salutò, gioiosa e amichevole, e io mi girai a guardare Flynn senza ricambiarla, perché non le avrei lasciato rovinare quel momento.

La mia canzone. O una canzone per me.

«Camminerei per più di cinquecento miglia per lei» disse Flynn al pubblico. «Camminerei fino ai confini della Terra.»

Gli occhi mi bruciarono e sbattei le palpebre. Invece di guardarlo attraverso lo schermo del telefono, come avevo fatto prima, venni catturata dal caldo sguardo castano di Flynn mentre iniziava la canzone. Non la conoscevo ma aveva un grande ritmo, e le parole mi fecero gonfiare il petto di emozione. Soprattutto perché me le cantò tutte guardandomi, i nostri sguardi fissi come se fossimo stati gli unici presenti. Le parole non erano esattamente una dichiarazione d'amore, ma la canzone sì. Stava dicendo che avrebbe camminato fino ai confini della Terra per me. Che voleva essere il mio uomo.

Era questo che stava cercando di dirmi prima? Che voleva un cambiamento del nostro stato sentimentale? Da amici con benefici a relazione a lungo termine? Cadence e le sue due amiche vennero a sedersi accanto a me, autoinvitandosi al mio tavolo.

Bljad'.

Non mi interessò, continuai a ignorarle, assorbendo ogni secondo della canzone di Flynn per me. Il significato che c'era dietro. L'energia che sprigionava. Quando finì, consegnai a Cadence il telefono con il live streaming in esecuzione, saltai giù dalla sedia e mi precipitai sul palco.

Il pubblico applaudì, la maggior parte di loro urlò il nome di Flynn.

Shawn sembrava felice per Flynn per tutta l'attenzione che raccoglieva.

Flynn mi afferrò il viso con la mano con cui aveva suonato, tenendomi per la nuca per tirarmi verso di lui per un bacio. «Lei è Nadja» annunciò girandomi intorno. «La migliore.»

«Grazie a tutti per essere venuti stasera» disse Shawn. «Il nostro frontman per l'occasione è stato il mio talentuoso figlio Flynn Taylor, degli Storytellers. Per favore, andate a vedere Flynn e sua sorella Story esibirsi con la band in tutta la città, quattro giorni alla settimana.» L'orgoglio nella voce di Shawn era evidente. Chissà perché, ma Flynn pensava che non fosse felice del suo successo… ma io ero certa che si sbagliasse.

Flynn spense il microfono e mi mise un braccio intorno alle spalle. «Ti è piaciuta la tua canzone?»

Lo abbracciai. «Molto.» Guardai oltre per vedere se Cadence stava ancora filmando, ma aveva l'espressione più aspra che si potesse immaginare.

«I tuoi fan sono venuti» mormorai a Flynn. «Vuoi rimanere per farti vedere?»

«Sto con te. Ricordi la conversazione che abbiamo avuto a casa mia?»

Il mio cuore svolazzò e annuii.

«Quindi, se tu vuoi restare, io rimango. Ma lo farei solo perché lo vuoi tu, ok?»

Risi, perché spesso mi sentivo come se Flynn parlasse per indovinelli. E non solo per le mie difficoltà con la lingua.

«Possiamo andare? So di aver creato io la frenesia dei fan, ma allo stesso tempo la odio.»

Flynn gettò la testa all'indietro e rise. Una profonda risata di pancia.

«Che c'è?»

«Finalmente» disse.

«Finalmente cosa?»

«Finalmente rivendichi un diritto su di me.»

Sbattei le palpebre, il mio cuore saltò e mi accarezzò il petto. Poi mi misi in punta di piedi e rivendicai un bacio. «Sì. Ti sto reclamando.»

Si sfilò la cinghia della chitarra da sopra la testa.

«Pensavo che non lo volessi.»

«Lo voglio. Lo voglio con te, Pesche.» Scollegò la chitarra elettrica e la mise nella custodia.

«Flynn, posso parlarti un minuto?» chiese Cadence.

Mi girai per tornare al tavolo, ma Flynn mi tirò per il polso per fermarmi.

«Scusa, ma io e Nadja dobbiamo correre da un'altra parte. Ci vediamo.» Mi guardò. «Prendi tu le giacche? Io mi occupo dell'amplificatore.»

Fece una gran scena per dare l'idea che fossimo di fretta.

«È una cosa piuttosto importante. Posso chiamarti? Credo di non avere il tuo numero.»

Che cazzo… ora che Flynn aveva sancito la mia gelosia, ero decisamente infastidita.

Presi il telefono di Flynn dal tavolo, insieme a entrambe le giacche, e lasciai i soldi per pagare il conto.

Mentre lo facevo, Flynn stava ancora liquidando Cadence. «Ehi, magari puoi parlarne con Lake, ok? Ora sono con Nadja.»

Ahi. Ci era andato giù pesante. In effetti il viso di Cadence divenne rosso e lo sguardo che mi lanciò fu pieno di veleno. Flynn rivolse la sua attenzione a me e tese il braccio. Aveva l'amplificatore e la chitarra in mano, e mi strinse contro il suo lato libero.

«Ciao, papà, ciao, ragazzi» gridò alle sue spalle mentre andavamo.

«Uffa» disse una volta fuori. «C'è mancato poco.»

Risi. «Sei stato tu a creare quel mostro, sai?»

«Senza dubbio. Colpa mia. Ma non vado con nessuna da quando ci sei tu. Lo sai, vero?»

Annuii; la felicità mi si riversò addosso come oro e polvere di fata rosa scintillante. «Neanch'io» dissi, anche se era abbastanza ovvio, ed entrambi ridemmo.

«Dai.» Flynn mi spinse verso il furgone. «Penso che abbiamo bisogno di un'altra sessione di rieducazione sessuale, non è vero?»

«Oh, sicuramente.» I miei muscoli interni si contrassero e si rilasciarono alla sola menzione del sesso. «Ho intenzione di premiarti per la canzone.»

Il sorriso infantile di Flynn era pura gioia. Così luminoso e leggero che mi sollevò dai miei piedi, e mi fece flutturare fino al furgone.

CAPITOLO QUATTORDICI

Giovedì ero ancora a casa di Flynn.

Avevo dormito da lui quattro notti su sette quella settimana, e stavo iniziando a sentirmi più a casa che al Cremlino.

Stavamo per andare al Cremlino per le prove, quando Flynn ricevette una chiamata da sua madre.

«Ehi, mamma. *Cosa?*» Vidi subito dalla tensione sul suo viso che c'era qualcosa che non andava. L'espressione fanciullesca che aveva di solito fu sostituita da un'aria più angosciata. «No, certo. Dove sei? Inviami la posizione. Ok, arrivo, mamma.»

«Che c'è?» chiesi.

«Mia madre ha avuto un incidente d'auto.»

Un solco profondo gli attraversò la fronte mentre si gettava sulla giacca di pelle e afferrava le chiavi. Mi affrettai a fare lo stesso.

«Sta bene?»

«Sì. Cioè, non lo so. Ha detto che non si è fatta nulla,

ma stava balbettando, quindi non ne sono sicuro. Penso che sia solo arrabbiata.»

Fissò il telefono fino a quando non arrivò il messaggio e aprì la mappa.

«Non è così lontana. Ti dispiace venire?»

«Certo che no. Stai scherzando? Flynn, è tua madre.»

Quando salimmo sul furgone, chiamò Story. «Ehi, la mamma ha avuto un incidente d'auto. Sto andando lì.»

Sentii i toni allarmati della voce di Story dall'altra parte, e lui le disse la stessa cosa che mi aveva detto: era illesa ma turbata.

«Ti aggiorno» promise, e attaccò.

Nel furgone calò un'aria pesante.

«Sei preoccupato?» chiesi.

«Un po'. Ma penso che stia bene.»

Ci pensai su. Era quasi come se si stesse preparando per allinearsi al livello emotivo di sua madre. Era il dono che aveva, che usava per trattare con donne sconvolte?

Quando arrivammo sul luogo dell'incidente, divenne evidente che si trattava solo di un parafango. Un poliziotto stava verbalizzando la versione dell'altra parte.

Flynn strinse sua madre in un abbraccio silenzioso, e poi rimasero lì insieme, stretti. Qualcosa mi si contorse nella pancia, ma non capii bene di cosa si trattasse.

Qualcosa della scena mi infastidì.

Era un po' troppo familiare.

È un custode, ecco cos'aveva detto Cadence di lui. Ancora una volta, mi chiesi se prendersi cura di me fosse solo qualcosa in cui era bravo, non necessariamente un bene per lui.

Forse lo stavo trascinando giù, come sua madre. Abbassandogli le energie, attenuandogli la luminosità, silenziando la sua gioia per il gusto di allinearsi a qualcuno a cui teneva.

Odiavo assolutamente l'idea.

Anzi, mi distruggeva.

Indietreggiai fino a quando il mio sedere non colpì il furgone parcheggiato e sbattei le palpebre per scacciare le lacrime dagli occhi. E ovviamente, fu allora che sua madre mi vide.

«Flynn! Hai portato un'amica.» Flynn la lasciò e lei si precipitò verso di me per prendere e stringere la mia mano guantata. I suoi occhi erano rossi e gonfi, ma era luminosa come il sole. «Ciao, tesoro. Io sono Monica, la mamma di Flynn.»

«Piacere, Nadja.»

«È bello conoscerti, tesoro. Scusa, non intendevo interrompervi, se magari stavate facendo qualcosa. È che non volevo stare da sola.»

«Non sei sola» la rassicurò Flynn. E sicuramente non lo era.

Lei aveva Flynn. Pronto e disposto a farsi per cinquecento miglia per lei.

Perché era fatto così. Ed era incredibile.

Ma non volevo essere come lei, per lui.

Eppure lo temevo.

Flynn

Nadja rimase silenziosa durante il viaggio verso il Cremlino, ma non riuscivo a capire perché.

Avevamo aspettato quaranta minuti con mia madre fino a quando il poliziotto non aveva finito di scrivere il verbale e la sua auto era stata portata via, e poi l'avevamo lasciata a casa.

«Va tutto bene?» chiesi per la terza volta.

Nadja mi fece un sorriso debole. «Sì. Tua madre è

dolce e tu sei un bravo figlio. Capisco bene perché tu e Story siete persone così gentili.»

Eh. Però non spiegava la sua reticenza.

«Ma?» le chiesi.

«Non c'è nessun *ma!*» protestò, ma io ero sicuro che ci fosse.

Continuai a rivedere la scena cercando di capire in cosa avessi fatto casino, ma non mi veniva in mente nulla.

Parcheggiai sotto l'edificio, e prendemmo l'ascensore fino al piano dove provavamo, e fu allora che mi resi conto che la giornata era diventata davvero un bordello. Cadence era in piedi fuori dallo studio con Lake, ed entrambi sembravano profondamente infelici. Peggio ancora, sembrava che mi stessero aspettando.

«Cadence ha bisogno di parlare con te» disse Lake.

Ma che cazzo.

Avrei potuto seriamente dare un pugno alla gola a Lake in quel momento. Avrebbe dovuto levarmela di torno, non *portarla alle prove*.

Non era per niente bello.

Allungai la mano verso Nadja, perché, cazzo, la sentivo già scivolare via.

«Ok» dissi con finta disinvoltura.

«Ho bisogno di parlare con te da sola» disse.

Nadja cercò di lasciarmi andare la mano. Mi rifiutai di lasciarla.

«No, non mi sta bene. Nadja sta con me» – perché cazzo non potevo ancora definirla la mia ragazza? – «quindi rimane.»

Le narici di Cadence si allargarono. Si mise le mani sui fianchi.

«Ok» disse un po' troppo forte. Abbastanza forte perché tutti nello studio sentissero le parole successive.

«Sono incinta. Immagino che lo dirò a tutti in una volta sola. Sono incinta ed è tuo.»

Col cazzo che lo è.

Mia madre mi aveva insegnato a non dire le prime parole che mi venivano in mente. Ero sicuro che Cadence fosse sconvolta, stressata ed eccessivamente emotiva in quel momento. Fare il cazzone non avrebbe aiutato.

Accanto a me, sentii Nadja in preda al panico e temetti che potesse trasformarsi in un attacco completo.

Cercai di mantenere la voce bassa e calma. «Ok, ne dubito seriamente. Ho usato la protezione entrambe le volte che sono stato con te.» Guardai il mio compagno di band, che sembrava volermi uccidere. «E Lake?» chiesi.

Nadja si stava opponendo per liberarsi dalla presa.

Maledizione.

Naturalmente non voleva lasciare che Cadence la vedesse andare fuori di testa.

D'altro canto, io non volevo che lei lasciasse il mio fianco. Avevo bisogno di stare con lei, se avesse avuto un attacco. Era tutta colpa mia, e dovevo risolvere la cosa.

«I tempi non sono giusti perché sia di Lake» disse Cadence con risolutezza. «Dev'essere tuo.»

Nadja strattonò via la mano e si girò di scatto, correndo verso l'ascensore.

Cazzo, cazzo, cazzo.

«Ok, beh...» Guardai Cadence poi Lake. Conoscevo le parole giuste da dire. Che se era mio, mi sarei assunto la responsabilità, l'avrei sostenuta in qualsiasi scelta. Che le sarei stato accanto fino in fondo.

Ma sapevo che era una stronzata.

Ne ero fottutamente sicuro.

«Aspetta.» Alzai un dito, mi girai e mi precipitai verso l'ascensore, scivolando attraverso le porte proprio prima che si chiudessero.

Nadja – la mia dolce, dolcissima ragazza – era sulle mani e sulle ginocchia, a terra, che si sforzava di respirare. Avrei voluto sputare in fretta e furia mille parole che alleviassero il peso di quella sfortunata svolta degli eventi. Avrei voluto prometterle che non sarebbe cambiato nulla, supplicarla di essere ancora mia, ma sapevo che la mia energia frenetica non l'avrebbe aiutata a respirare.

Così mi buttai a terra con lei.

Mi sdraiai sulla schiena, con la testa vicino a una delle sue mani, così da poterla vedere in viso. Non la toccai. Non cercai di dire nulla. I tentativi infruttuosi di Nadja di inalare non migliorarono, ma non peggiorarono neanche.

«Non è vero. Non credo proprio che sia vero.»

Nadja non mi guardava, stava fissando un punto sul pavimento, ma annuì.

«Sei d'accordo? Sta solo andando fuori di testa perché ti ho cantato una canzone.»

Nadja si sedette sui talloni e raddrizzò la spina dorsale, parte del suo respiro uscì con un sospiro sollevato. «Probabile.» La parola suonò amara. C'erano delle lacrime agli angoli dei suoi occhi. Avrei voluto asciugarle, ma non osavo ancora toccarla.

Non ero sicuro di come l'avrebbe presa.

Mi alzai sui gomiti, i miei piedi colpirono quasi il muro dietro Nadja.

«Mi dispiace tanto per questa situazione. Se potessi tornare indietro nel tempo e non entrare mai in contatto con Cadence, lo farei in un batter d'occhio.»

L'ascensore suonò. Eravamo al primo piano e c'era il custode. Quando ci vide, aggrottò le sopracciglia e si precipitò dentro. Era venuto per me.

«Ehi, ehi.» Mi rimisi in piedi mentre venivo aiutato-trascinato da un muscoloso colosso russo. «Stiamo parlando.»

Le fece una domanda in russo. L'incapacità di Nadja di respirare peggiorò, mentre emetteva versi simili a quelli di un pesce fuor d'acqua e si metteva in piedi.

Le porte dell'ascensore iniziarono a chiudersi e il custode tirò fuori una mano per tenerle aperte e poi mi trascinò fuori.

«No, no, no, no.» Mi spostai in avanti per saltare indietro prima che le porte si chiudessero. «Amico, la stai sconvolgendo di più. Togliti dal cazzo e lasciarci parlare.»

Nadja alzò una mano, e per un orribile secondo pensai che avrebbe fatto in modo che il tizio mi buttasse fuori, ma poi mi afferrò la camicia e mi tirò indietro e spinse fuori il custode. Le porte si chiusero e premetti il pulsante per l'ultimo piano, ma non sarebbe andato da nessuna parte perché non avevo la chiave magnetica. Nadja mi passò la sua e premette il pulsante del suo piano. Stava ancora singhiozzando e soffocando per la mancanza di fiato, il suo corpo era in uno stato di emergenza.

«Posso abbracciarti?»

Scosse la testa.

Cazzo.

L'ascensore salì e lei si abbassò contro il muro.

«Non ho bisogno che mi salvi, Flynn» disse, chiudendo gli occhi come se fosse esausta.

«Non è quello che sto facendo. Di cosa stai parlando? Aspetta, Nadja. Cosa sta succedendo in questo momento?»

«Dovrai prenderti cura di lei.»

«*Lei?* Intendi Cadence?» Il cuore mi batteva contro il petto e l'ascensore improvvisamente divenne troppo caldo e soffocante. Feci spallucce dalla giacca. «Nadja, possiamo parlare? Non riesco a capire cosa sta succedendo nella tua testa. So che questa cosa fa schifo, ma non penso nemmeno che sia vero. E non cambia nulla tra di noi. Cioè, non è quello che voglio.»

L'ascensore si fermò al suo piano e uscì. La seguii, ma lei mi fermò con una mano sul petto. «Non voglio che tu sia il mio salvatore. Penso che Cadence abbia bisogno di te in questo momento, e io no. Quindi smettiamo di vederci.»

Smettiamo di vederci?

Cristo.

Come eravamo arrivati a quel punto? Ero dannatamente confuso, cazzo. Tutto il mio mondo stava cadendo a pezzi, e non ero nemmeno sicuro di cosa avevo fatto.

«Nadja, no. Non sto cercando di essere il tuo salvatore.»

Si era calmata abbastanza da respirare e guardarmi negli occhi.

«Cosa te lo fa pensare?»

Si allungò per accarezzarmi la guancia. Oh, cazzo. Stava sicuramente rompendo. «Flynn, sei fantastico. Hai un cuore enorme e vuoi aiutare tutti quelli che ti circondano. Soprattutto me. Ma ho bisogno di stare in piedi da sola. Voglio essere forte, e non voglio che quello che mi è successo mi definisca.»

«Nadja.» Il suo nome mi uscì come una supplica.

Cazzo.

«Pare che in questo momento tu debba essere gentile e presente per Cadence. Insomma, potresti avere presto un bambino che avrà bisogno di tutta la tua attenzione.»

«No!» Scossi la testa. «Non lo farò. Non credo proprio che porti in grembo il mio bambino. Voglio dire...»

«Flynn, questo devi chiarirlo con lei. E io ho bisogno di capire me stessa.» Si mise in punta di piedi e mi baciò l'altra guancia. «*Ja tebja ljublju.*» Ripeté le parole che non capivo.

«Nadja» gracidai.

Dannazione. Il mio cuore non si stava solo spezzando: si

stava disintegrando. Stava andando in polvere sul pavimento, tra i miei piedi.

«Devo andare.» Si girò e fuggì lungo il corridoio. Alla porta del suo appartamento, girò la testa per guardarmi mentre apriva.

Ero paralizzato sul posto, incapace di muovermi. Impossibilitato a parlare. C'era dispiacere nel suo sguardo, ma ci vidi anche una ferrea determinazione.

E fu allora che me ne resi conto.

Era davvero finita.

Nadja aveva preso una decisione, ed era forte. Niente di quello che potevo dirle avrebbe risolto il problema. Niente di ciò che potevo fare l'avrebbe cambiata.

La prima ragazza che volevo tenere mi stava scaricando. Non avevo la più pallida idea di come avrei potuto superarla.

Nadja

Riuscii a entrare in casa e ad appoggiarmi alla porta prima di iniziare a piangere.

Adrian e Kat erano sul divano a guardare la televisione, Kat sulle sue ginocchia. Entrambi alzarono lo sguardo allarmati quando sentirono il mio singhiozzo.

Alzai una mano. «Va tutto bene. Ho rotto con Flynn. Non voglio parlarne.»

Costrinsi i miei piedi di piombo a muoversi verso la camera da letto.

«Va bene» disse Kat.

Adrian mise in pausa il film che stavano guardando. «Posso andare a ucciderlo?»

Mi fermai sulla porta della camera da letto e gli lanciai

un'occhiata severa. Uno sguardo duro temperato da un flusso di lacrime. «Non è divertente. Sono stanca della tua violenza. *No.* Non lo ucciderai. Anzi, sarai molto gentile con lui. Perché è il ragazzo più comprensivo che abbia mai conosciuto.»

Detto ciò, scoppiai in rumorosi singhiozzi. Chiusi la porta e mi buttai sul letto.

Avevo fatto la cosa giusta. Lo sapevo.

Non volevo essere la ragazza che Flynn doveva salvare.

Non avevo bisogno di un cavaliere in armatura bianca. Cioè, di un cavaliere bianco in armatura scintillante. Vabbè. Non avevo bisogno di lui.

Dovevo essere io il mio cavaliere. Dovevo trovare la mia forza. Ricostruire la mia vita.

Il mese trascorso con Flynn era stato fantastico, ma il nostro rapporto non era mai stato pensato per durare. Gli avevo chiesto di aiutarmi a trovare la mia strada per tornare alla vita e al vivere. Per tornare nel mio corpo. Riscoprire il sesso. E lui aveva fatto tutto per me.

Ma chiedergli di più non era giusto.

Soprattutto quando aveva altre persone che si affidavano a lui.

Doveva già prendersi cura di sua madre. E ora c'erano Cadence e il bambino.

Non c'era modo di distogliere la sua attenzione da questo. Non sarebbe stato giusto. Meritava qualcuno che potesse dargli qualcosa. Non solo prendere. E io avevo completamente drenato la sua energia.

Mi concessi trenta minuti per piangere, poi mi asciugai le lacrime e scesi dal letto.

Mi sedetti al mio tavolo da cucito e presi una delle gonne tinte a mano che stavo facendo.

Era il momento di finire i costumi per le Black Velvet Burlesque.

Flynn mi aveva mostrato come vivere. Avrei continuato a farlo.

CAPITOLO QUINDICI

Flynn

Nella scena più del cazzo di sempre, Lake e io eravamo nel salotto di Cadence con lei per cercare di venire a capo di quella merda. Entrambi stavano fumando erba per superare la situazione.

Io ero dannatamente sobrio.

Era meglio non appoggiarmi a una sostanza, in baratri del genere.

Mi ero dato alle droghe e all'alcol per tutta la vita. Sapevo quanto poteva mettersi male quando non avevi tutta la tua merda sotto controllo. Ed ero lontano anni luce dall'avere tutto sotto controllo. Avevo passato gli ultimi sei giorni per lo più catatonico sul divano, cercando di non pensare a quanto mi mancasse Nadja.

Avevo suonato ai concerti programmati, ma in automatico, e non appena finivamo me la filavo.

In realtà trascorsi gran parte della settimana senza pensarci affatto.

Solo in un vuoto del cazzo.

Come si diceva: le luci erano accese, ma non c'era nessuno in casa.

Ora ero seduto con i gomiti sulle ginocchia, a testa bassa, cercando di analizzare tutta l'energia selvaggia nella stanza.

Apparentemente Lake voleva ancora stare con Cadence, quindi immaginai che stessimo prenegoziando come avremmo organizzato la cosa o qualcosa del genere.

Era incazzato di brutto con me, come se il fatto che fossi stato con lei prima che lo avesse fatto lui fosse una sorta di violazione.

Gli avevo praticamente fatto da spalla per farlo andare con lei. Forse era solo incazzato che il bambino non fosse suo. Anche se io continuavo a pensare che avrebbe potuto esserlo.

Ero il tipo che suonava la chitarra – e la vita – basandomi sulle sensazioni.

E tutto ciò che riguardava quella storia mi sembrava spento.

Ma avrei fatto tutto quello che dovevo. Strofinai i palmi cercando di ricordare l'ultima volta che avevo fatto la doccia o mangiato. Onestamente, non riuscivo a ricordarlo. «Quindi, ovviamente, ti sosterrò qualunque cosa tu voglia fare, Cadence.» Le parole suonarono provate, perché stavo vivendo un'esperienza fuori dal corpo, come se quella non fosse in realtà la mia vita.

Stavo interpretando una parte per cui mi era stata appena consegnata una sceneggiatura, e non mi relazionavo con nessuno dei personaggi della scena.

Avrei dovuto essere in una scena completamente diversa.

Una scena che si svolgeva dall'altra parte della città, in Lake Shore Drive, al Cremlino.

Era lì che avrei dovuto essere.

«Cosa pensi di voler fare, Cadence?» Lake si sedette accanto a lei e le prese la mano, ma lei la tirò via.

«*Non lo so.*» Passò le dita di entrambe le mani attraverso i folti capelli castani. Ne stava facendo un dramma, anche se non vedevo lacrime vere.

«Beh, dovremmo almeno andare dal medico per un vero esame.» Non so cosa mi avesse portato a dirlo, ma quando lo feci mi resi conto di aver toccato un tasto dolente, perché andò fuori di testa.

«Cosa intendi per un vero esame? Non mi credi?» La sua voce stridette. Si alzò e si allontanò dal divano logoro che odorava di birra stantia e aveva visto fin troppe feste. «Dio, lo sapevo che avresti fatto così!»

Le battute seguenti mi arrivarono facilmente. «Così come?» dissi in modo innocentissimo. «Non vuoi delle cure mediche appropriate?» Guardai Lake in cerca di supporto, ma il suo sguardo era fisso su Cadence. Era sexy, ok. Ma era anche un disastro. «Pago io la visita. Andiamo a capire la situazione. Quando è stato concepito. Se il bambino è sano. Quando possiamo fare un test di paternità, se decidi di tenerlo.» Lake mi lanciò un'occhiataccia mortale, ma io rimasi fisso su Cadence.

Era impallidita. «Sì, va bene. Potrebbe essere troppo presto per una visita, ma farò una telefonata. Potrebbero servire alcune settimane, per avere la visita.»

Gesù. Non aveva pensato affatto a quella merda. Francamente, non credevo nemmeno che fosse incinta. Proprio no. E se lo era, sapevo che non era mio. Stavo attento. Sapevo che i preservativi non erano infallibili, ma l'istinto mi diceva solo che era tutta una sceneggiata.

Mi alzai. «Penso che dovremmo andarci adesso. Ci sono cliniche per la gravidanza in cui si può accedere senza appuntamento. Potrebbero almeno darci un'idea su quali sono le opzioni a tua disposizione e come funzionano le cose, giusto?»

«So come funzionano le cose!» Cadence attraversò il salotto, ancora isterica. «Ho guardato su Google, ok?»

«Vieni qui.» Mi sforzai di usare un tono convincente e le tesi il braccio, mostrandole il supporto che sembrava bramare.

Venne di corsa da me, abbracciandomi. Lake sembrava pronto a infilarmi una forchetta nell'occhio. «Sei bravissimo a gestire le crisi» piagnucolò contro il mio petto. «Sapevo che saresti stato presente per me. Proprio come avevi bisogno di salvare la ragazza russa. Gliel'avevo detto che hai un animo da custode.»

Sentii il graffio dell'ago su un disco nelle orecchie. Che cazzo significava?

Era per quello che Nadja aveva rotto? Pensava che avessi il complesso del soccorritore?

La mia mente tornò alla notte in cui ci eravamo lasciati. Eravamo appena tornati dall'incidente d'auto di mia madre.

Poi Nadja se n'era uscita con la grande rivelazione.

Cazzo.

Doveva aver pensato che mi comportassi da custode. Ma solo perché rimanevo saldo durante di una crisi non significava che ero alla ricerca di quella merda. Non era per quello che ero innamorato di Nadja. Affatto.

Ero innamorato di lei perché... mi aveva salvato. Mi aveva aperto gli occhi sul fatto che la mia vita potesse essere molto di più. Sul fatto che io potessi essere molto di più. Mi aveva sfidato a fare un passo avanti ed essere un uomo, invece di tornare nell'ombra per paura di avere anche solo un sogno, figurarsi sceglierne uno.

«Che farai adesso?» Si bloccò, come se si fosse resa conto di aver combinato un casino. Non ero tipo da incazzarsi facilmente. Mi consideravo piuttosto tranquillo. Uno da vivi e lascia vivere.

Ma in quel momento ero incazzato di brutto.

Guardai oltre la testa di Cadence e incrociai lo sguardo di Lake, e finalmente mi resi conto che lo aveva capito anche lui. Quella gallina stava cercando di prenderci entrambi per il culo, e non ci sarei cascato.

«Io e Lake ti portiamo subito in una clinica» dissi.

«No.» Si allontanò da me. «Sono un relitto totale in questo momento. Non posso gestire il fatto di andare in un posto del genere. Prendo un appuntamento da sola.»

«No, sento che abbiamo bisogno di risolvere il problema. È un grosso problema, e hai fumato erba, cosa che probabilmente non fa bene al bambino.»

«È tutto ok. Ho guardato su Google anche questo.»

«Beh, si suppone che sia il mio bambino, e ho bisogno di sentirlo dire da un medico. Andiamo.»

«Non ci vado in una clinica.»

«Andrà tutto bene. Ci prenderemo cura di te.» Lake le prese il cappotto e glielo tenne aperto, ma sapevo che adesso anche lui la stava mettendo alla prova.

La spingemmo fuori dalla porta, nel furgone. Lake si mise sul sedile del passeggero e continuò a strofinare la mano sul mento. Chiaramente stava ragionando sulla situazione. Speravo che si rendesse conto che Cadence non faceva per lui.

Scorse sul telefono e mi diede l'indirizzo di una clinica.

«Queste cliniche sono quelle che cercano di dissuaderti dall'aborto» disse Cadence da dietro. «Cercano di portare le famiglie a far adottare il bambino o qualcosa del genere.»

«Sì, ma fanno un esame gratuito e immediato. È un punto di partenza.» Lake era completamente dalla mia parte ora.

Sapevamo entrambi che non c'era nessun bambino.

«Non mi sento per niente a mio agio con la cosa, ragazzi.» Stava arrivando al culmine. «Non dovrebbe essere importante ciò in cui *io* mi sento a mio agio? È il *mio* corpo. Sono *io* che sono incinta.»

Mi fermai a un semaforo rosso e mi girai per guardare dietro. «*Davvero,* Cadence?»

Anche Lake si girò a guardarla.

Aveva gli occhi spalancati e spaventati mentre faceva passare lo sguardo da uno all'altro.

«Beh, non sono positiva. Cioè…»

«Ecco qui.» Ops. L'avevo detto ad alta voce?

«Hai fatto almeno *un* test?» esplose Lake. La sua rabbia ora era completamente diretta a lei.

«No, ma ho un ritardo e…»

«Allora andiamo in clinica.» A questo punto ero solo fottutamente stanco.

«Posso fare il test a casa. Facciamo un test a casalingo.»

Imprecai sospirando e mi lanciai in un'inversione a U per dirigermi in farmacia.

Venti minuti dopo eravamo di nuovo a casa sua, e lei ci aveva convinti ad aspettare fino al giorno dopo per attendere la prima pipì mattutina, quando gli ormoni erano più forti.

Mi alzai e uscii.

«Ok, ti chiamo!» mi gridò.

«Non c'è nessun bambino» dissi. Non sapevo se lo stavo dicendo a me stesso, a Lake o a lei. Pensai, in realtà, che lo stessi dicendo a Nadja, anche se sembrava che i nostri problemi andassero oltre la situazione.

Sapevo che mi mancava una parte, ma ora pensavo di aver capito.

Non sapevo ancora come avrei risolto, però. Mentre

tornavo al furgone, tirai fuori il telefono per provare a chiamarla, poi cambiai idea e lo rimisi in tasca.

Dovevo pensarci bene. Capire cosa potevo dire o fare che le avrebbe dimostrato che per me lei era più che un progetto di recupero. Che era il mio tutto.

Avevo bisogno di trovare il modo di dimostrarglielo, prima di provare a elemosinare di rientrare nella sua vita.

Nadja

L'odore del fumo di sigaro mi riempiva il naso, soffocandomi. Le maglie delle catene che mi legavano i polsi e mi bloccavano la gola erano assicurate alla struttura metallica della cuccetta. *Apri quella graziosa boccuccia russa, puttana.*

«*Net!*»

Mi svegliai nel letto; il cuore mi batteva forte, la camicia da notte era umida di sudore. Gli incubi erano peggiorati da quando avevo rotto con Flynn. Molto, molto peggiorati.

Così tanto che non volevo nemmeno andare a dormire la notte.

Stavolta però l'incubo era vivido.

Sembrava più un ricordo che un sogno. I bordi non erano sfocati come al solito.

E quell'odore orribile... indugiava nelle mie narici. Stavolta avevo visto un volto. Ricordavo la sua faccia.

Ripresi fiato e mi coprii la bocca con la mano. Le lacrime si riversarono sulle mie dita. Conoscevo quella faccia.

L'avevo visto fuori dal seminterrato della fabbrica di divani.

L'avevo visto la settimana precedente da Rue.

Ecco cos'aveva scatenato l'attacco.

Non era stata solo la casuale puzza di un sigaro: era stato proprio il suo viso.

L'uomo che mi aveva violentata notte dopo notte per mesi. L'uomo che avrei voluto uccidere.

Il cuore mi batteva forte. Mi alzai per andare in bagno a lavarmi la faccia, ero agitata. Avrei potuto dirlo a Adrian. Forse il *mudak* era un cliente abituale della serata burlesque. Forse ci sarebbe stato anche l'indomani.

La settimana precedente avevo saltato le prove. Avevo trascorso le giornate a letto, a piangere per Flynn. Ogni volta che pensavo a lui che viveva la sua vita con Cadence e il loro bambino, avrei voluto buttarmi dalla finestra.

Ma era stata la scelta giusta. L'avevo presa in un momento di forza, e non avrei cambiato le cose per un momento di debolezza.

Quindi non mi ero permessa di rispondere ai suoi messaggi né di aprire TikTok per vedere il suo bel viso.

Tra un pianto e l'altro, avevo cucito i costumi che avrei dovuto finire entro l'indomani. Avevo mandato un messaggio a Danica all'inizio della settimana per dire che non mi sentivo bene e che non sapevo se mi sarei presentata allo spettacolo.

Avevo passato tutta la settimana a fare avanti e indietro per capire se potevo provare a esibirmi di nuovo, non quella settimana ma in generale.

Farlo senza Flynn presente, che mi faceva sentire forte, sembrava impossibile.

Eppure era proprio per quello che avevo dovuto porre fine alle cose con lui.

Avevo bisogno di mettermi in piedi da sola.

Non potevo affrontarle, quella settimana. Avevo pensato che avrei potuto mandare Adrian con i costumi, ma non pensavo che sarei stata in grado di fare molto di più che chiudermi nella mia stanza a piangere a dirotto.

Domani. Ma ora – sussultai e incrociai il mio sguardo allo specchio, scioccata dai miei pensieri. Potevo dimostrare a me stessa quanto ero forte. Potevo compiere l'ultimo atto: mettere in scena la mia vendetta.

Non avevo bisogno che Adrian lo facesse per me. Tutto ciò di cui avevo bisogno era la sua pistola.

Adrian

Grigliai un paio di bistecche sul tetto per cena giovedì sera, e le portai nel nostro appartamento. Kat era in cucina a preparare un'insalata.

Nadja era stata un gran casino per tutta la settimana, ma si era rifiutata di parlare con me e persino con Kat di quello che era successo con Flynn.

Avevo ancora voglia di ammazzare quello là, perché avevo previsto quel risultato da un milione di chilometri di distanza, ma forse non era colpa sua.

Era stata Nadja a rompere.

«Nadja» gridai. «La cena è pronta.»

Non fui sorpreso quando non rispose. Mi spezzò solo il cazzo di cuore.

Si era già comportata così in passato: si era rifiutata di lasciare l'appartamento, di farsi la doccia o prendersi cura dei suoi bisogni di base.

Io e Kat ci scambiammo uno sguardo preoccupato, e andai a bussare alla sua porta. «Nadja?» La aprii e inspirai. «Dove è andata?» chiesi a Kat.

«Cosa?»

«Nadja non c'è.»

Controllai in bagno. Mi guardai intorno.

«Flynn prova qui il giovedì. Forse hanno fatto pace.»

Presi il mio telefono per aprire il software di tracciamento che Dima aveva installato sul suo telefono.

«*Bljad'!*»

«Che c'è?» chiese Kat dalla cucina.

«Ha lasciato il telefono a casa. Non riesco a rintracciarla.»

Stavo già uscendo dalla porta. «Vado a vedere se la band sta ancora provando.»

Cercai di ignorare il senso di panico che mi stava salendo.

Era già successo in passato, ed era con Flynn.

Stava benissimo con lui. Più che bene, in realtà. In un mese era fiorita.

Speravo che il litigio tra lei e Flynn si fosse chiarito, e che fosse con lui.

Andai al piano di sotto, alla sala prove, ma era vuota. La band se n'era già andata.

Bljad'. Perché non avevo il numero di Flynn?

Mi chiamò Kat, e ne fui sollevato. Nadja doveva essere tornata. Forse era uscita a fare una passeggiata o qualcosa del genere. Risposi, ma il tono conciso di Kat mi fece stringere il pugno. «Adrian. Devi venire a vedere una cosa qui.»

«Che c'è?»

«La tua cassaforte è aperta.»

Tornai al piano di sopra cercando di dare un senso alla situazione.

Erano venuti a rapire di nuovo Kat? Mi avevano derubato nel tentare di farlo?

No, impossibile. Nessun non residente poteva entrare nell'edificio. C'era Majkl a controllare.

Un mattone mi affondò nello stomaco. Quindi... era stata Nadja ad aprire la cassaforte.

Ma perché? Avevamo un sacco di soldi in banca. Non

aveva bisogno delle mazzette di banconote che tenevo lì, il denaro che veniva dalla bratva.

Uscii dall'ascensore e corsi verso l'appartamento e nella mia camera da letto, dove la cassaforte era aperta. Le mazzette erano ancora lì.

Ma mancava era una delle mie pistole. Quella con il silenziatore.

«*Net.*» Inciampai all'indietro. Ghiaccio e calore mi scorrevano simultaneamente nelle vene. «Nadja.»

«Cos'ha preso?» chiese Kat.

Colpii una parete con la schiena. L'adrenalina mi scorreva nelle vene, ma non sapevo dove incanalarla.

«La pistola.»

«Oh, merda. Ok. Dove può essere andata?»

Stavamo entrambi pensando che si sarebbe uccisa? Cazzo!

«Non lo so!» ruggii.

Kat si precipitò ad abbracciarmi con le sue braccia sottili. «Chiediamo a Flynn. Forse lo sa.»

Annuii, grato dell'indicazione. «Story» dissi. Non avevo il numero di Flynn, ma sua sorella era al piano di sopra.

Kat venne con me all'ultimo piano, dove bussai alla porta di Oleg.

«Siamo qui!» Story aprì la porta principale dell'attico e salutò gioiosa.

«Flynn. Ho bisogno di parlare con tuo fratello. Dov'è?»

«Oh. A casa, credo. Onestamente, non sta molto bene da quando Nadja ha rotto con lui. Non è venuto alle prove questo pomeriggio. Ha inventato una scusa dicendo di avere un'intossicazione alimentare, ma so che non è vero.»

Ormai mi ero avvicinato, e le porsi il mio telefono. «Chiamalo» le ordinai.

Oleg comparve dietro di lei, e mi fulminò perché ero stato un cazzone con la sua ragazza. Flynn non rispose.

«Chiamalo dal telefono tuo» scattai.

Oleg ringhiò. Gli avevano tagliato la lingua, ma era pienamente in grado di fare il minaccioso, quando voleva.

«Ti prego. È molto urgente. Nadja è scomparsa.»

L'espressione di Oleg si ammorbidì, riempiendosi di preoccupazione. Story corse a prendere il suo telefono e ritornò tenendolo all'orecchio.

«Non ha risposto la prima volta, ma dovrebbe rispondere se continuo a chiamare.»

Agganciò e provò una terza volta.

Quando sentii un basso «Che c'è?» dall'altra parte, le strappai il telefono di mano.

«Sono Adrian. Sai dov'è Nadja?»

Fece una pausa, e la voce di Flynn emerse più chiaramente. «Cosa intendi?»

«Se n'è andata, e ha la mia pistola.» Riuscii a malapena a soffocare le parole. «Ha lasciato il telefono a casa. Ho paura…» Non riuscii a dirlo. «Dove pensi che possa essere andata?»

Ci fu un silenzio per quella che sembrò un'eternità, e poi Flynn scattò «*Oh, cazzo!*»

Sentii il suo respiro affannarsi, e il fruscio di vestiti, poi chiavi che tintinnavano.

«Cosa?» ruggii.

«So dov'è.» Sentii la porta sbattere.

«Dimmelo subito.»

«C'era uno la scorsa settimana.» Sembrava che stesse correndo. «È venuto allo spettacolo di burlesque. Puzzava di sigari e l'odore le ha scatenato un attacco. Il peggiore che abbia mai visto. E poi, più tardi, si è chiesta se non fosse proprio *quel tizio.*»

Capii immediatamente il significato. A Nadja non piaceva parlare di quello che le era successo, ma aveva detto abbastanza. Aveva menzionato il fumo di sigaro e il tizio. Perché cazzo non mi aveva detto che pensava di averlo visto?

Mi si rizzarono i peli sulla nuca. «Ah.» Improvvisamente mi resi conto che Nadja non si sarebbe uccisa. *Avrebbe ucciso lui.*

«Sono per strada» disse Flynn.

«Dov'è?» gridai. Ero già all'ascensore, e premevo il pulsante per scendere. Kat era proprio dietro di me, e Story ci inseguiva entrambi perché avevo ancora il suo telefono.

«Al Rue. È al Rue. Sono vicino. Arrivo tra quindici minuti.»

Entrammo in ascensore. «Arrivo.» Restituii il telefono a Story proprio mentre le porte si chiudevano.

CAPITOLO SEDICI

Nadja

Arrivai al parcheggio del Rue. Avevo preso un Uber per venirci.

Buffo quanto fossi impotente un mese prima, mentre ora ero improvvisamente capace di tutto. Uscire di casa da sola. Chiamare un Uber.

Persino commettere un omicidio.

Indossavo la mia calda giacca di lana, e c'era la pistola infilata in una tasca. Volevo entrare, ma non sapevo come spiegare a Danica che ero venuta ma non per esibirmi. Inoltre, non volevo ucciderlo *all'interno* del Rue. Il parcheggio era molto più adatto; non che avessi esperienza in quelle cose.

Avevo scelto la pistola di Adrian con il silenziatore. Non volevo richiamare l'attenzione sul mio crimine.

Certo, non sapevo nemmeno se quello sarebbe tornato.

Ero sicura che fosse lui, però. Sicura al cento per cento.

Si gelava – tecnicamente eravamo sottozero – ma non mi dispiaceva il freddo. Anzi, apprezzavo il morso del vento sulle guance.

Una coppia attraversò il parcheggio a piedi fino alla parte anteriore dell'edificio. Poi una macchina entrò e io guardai per vedere chi ne usciva.

Mi sprofondò lo stomaco. *Gospodi*, era lui.

Era tornato. Era qui.

Strinsi saldamente la pistola in tasca e avanzai fino a lui.

Alzò la testa per vedere chi stava arrivando. Non sapevo perché fossi incazzata che non mi avesse riconosciuta.

Tesi la pistola con il braccio dritto davanti a me e la puntai alla sua testa. «Apri quella cazzo di bocca.»

Sentivo già il tintinnio delle catene. Lo sbattere di cuccette metalliche contro le pareti. Colsi la sua tremenda puzza di sigaro. Stava arrivando un attacco di panico, ma potevo farcela. Potevo sparargli prima che l'attacco mi colpisse. Tutto quello che dovevo fare era premere il grilletto.

E poi sorrise.

Non avevo ricordato quel sorriso fino a quel momento. Era male puro.

Era la sua espressione di gioia nel provocare del dolore. Era felice di vedermi ora, anche dall'altro lato di una pistola.

«Nadja.» Sembrò compiaciuto. Come se fossimo vecchi amici che si incontravano sul marciapiede.

E la voce! Quella cazzo di voce.

Sbattei le palpebre forte, ma mi stavo annebbiando. Stavo per cadere a terra.

Stavo già cadendo? Il terreno si stava inclinando verso l'alto per accogliermi? Non riuscivo a muovermi. Ogni parte del mio corpo era di piombo.

Cercai di premere il grilletto, ma non successe nulla. Vagamente, una parte del mio cervello registrò che c'era la sicura, e che non l'avevo ancora rimossa. Ma era troppo tardi, perché il *mudak* mi strappò la pistola dalle dita congelate e la usò per colpirmi alla tempia.

Fu allora che capii che non ero mai caduta prima. Non avrei potuto. Perché il terreno si era sollevato ora per venire incontro al mio viso con tale intensità che ero sicura di essermi rotta il naso.

Non riuscivo a respirare. Nemmeno un po'. Non potevo urlare. Non potevo reagire, perché venivo trascinata dietro l'auto del *mudak* e poi sollevata nel bagagliaio.

E poi vidi qualcosa che fece scattare un interruttore. Mi riportò in vita come sali profumati. O un defibrillatore.

Flynn.

Stava correndo dietro l'uomo con il sigaro.

Scalciai, e il tacco dello stivale colpì il tizio con il sigaro nel petto. Non fu sufficiente a fare danni, ma gli impedì di chiudere il bagagliaio su di me e diede a Flynn il tempo di attaccare. Flynn lo placcò a terra, prendendogli ripetutamente a pugni il viso.

Versi di zombie incomprensibili provenivano dalle mie labbra, ma almeno stavo respirando. Almeno potevo muovermi.

La tempia mi pulsava mentre uscivo dal bagagliaio. La contusione sulla faccia faceva male e bruciava come l'inferno.

L'uomo con il sigaro si mise la mano in tasca ed estrasse la pistola di Adrian. Flynn non lo vide.

«*Net!*» Saltai contro il suo petto e gli colpii il polso.

Flynn gli strappò la pistola dalla mano chiusa, mentre l'uomo sigaro cercava di togliere la sicura.

«Dammela.» La mia voce tremava di rabbia.

Flynn mi porse la pistola e diede un altro pugno al viso insanguinato del tizio. Le sue guance oscillarono all'impatto. Il sangue gli filtrò dagli angoli della bocca.

Capii come togliere la sicura e misi il dito sul grilletto. Puntai la pistola proprio nel mezzo della fronte dell'uomo. Ma non riuscivo a respirare. Non riuscivo a muovermi.

Stavo avendo un altro attacco, che mi teneva saldamente nella sua morsa.

Il mio corpo non capiva che così mi sarei liberata? Avrebbe dovuto aiutarmi, non ostacolarmi.

Flynn si guardò alle spalle quando mi sentì succhiare aria.

Con la stessa straordinaria calma che aveva sempre, si mise in piedi.

L'uomo col sigaro cercò immediatamente di rialzarsi, ma Flynn gli piazzò il suo pesante stivale in mezzo al petto. Sentii le costole incrinarsi all'impatto.

Il rumore di un veicolo che avanzava nel parcheggio mi fece combattere per inspirare aria fresca. Ci avevano presi. Era finita. Avevo perso la mia occasione.

«Vieni qui.» La voce di Flynn era morbida e senza traccia di minaccia, come sempre. Mi spostò delicatamente davanti a lui e mi abbracciò da dietro, modellando la sua mano sulla mia per coprire il dito sul grilletto.

L'auto si fermò proprio accanto a noi. Non riuscii a guardarla. Non riuscivo a distogliere lo sguardo dalla faccia dell'uomo con il sigaro. Da quell'orribile e beffarda e odiosa faccia.

«Insieme?» chiese Flynn. Non sembrò preoccuparsi dell'auto appena arrivata.

Annuii.

Regolò la mira al centro della fronte dell'uomo e premette il grilletto. La pistola rinculò, ma non fece rumore.

Emisi un singhiozzo. Sarei caduta in ginocchio, ma Flynn mi stava trattenendo.

Qualcuno ci tolse la pistola dalle mani.

Era Adrian.

«Questa la prendo io. Andate subito via.»

Flynn mi prese tra le sue braccia e mi portò al furgone.

Il bellissimo, vecchio, fidato furgone Ford bianco. Nessun veicolo mi era mai sembrato tanto consolante in vita mia.

Mi mise giù per il tempo necessario ad aprire la portiera del passeggero, poi mi aiutò a entrare, mi allacciò la cintura e chiuse.

Si mosse con velocità e precisione, ma anche con totale facilità. Aveva il viso rilassato e impassibile.

Ecco il tipo di ragazzo che volevi con te in caso di emergenza. Di una crisi. Di una lotta. Ma anche nei momenti divertenti. Nella vita.

Ecco il tipo di ragazzo che ero stata stupida a respingere.

«Flynn» singhiozzai quando si mise al volante.

«Ti amo, Nadja.»

Ecco quello che disse quando salì sul furgone. *Ti amo, Nadja.*

«Non sei un progetto per me. Né una persona che penso di dover salvare. Al contrario. Sei tu che hai salvato me.»

Si allontanò dalla scena del crimine parlando d'amore. Dicendo di amarmi. Che l'avevo salvato io.

«Ti amo, Flynn.» Stavo ancora piangendo. Ero una specie di disastro. Mi passai il dorso della mano sugli occhi. «Ti amo tantissimo, e l'ultima settimana è stata difficilissi-ma.» Mi guardò – ora quello che intendeva bruciava nel suo sguardo. «Durissima, cazzo.»

Si strofinò una mano sulla barba tagliata. «Cadence non è incinta. Il suo è stato uno stupido stratagemma per ottenere la mia attenzione. Mi dispiace davvero.»

«Di cosa ti dispiace?» Stavo ancora piangendo. «Non hai fatto nulla. È lei che è pazza.»

«Mi dispiace di non avertelo detto prima. Cosa significhi per me. Avevo solo... avevo paura di mandare a puttane le cose. Tutto andava così bene con te, e non volevo spaventarti diventando troppo intenso.»

«Troppo intenso.» Feci una risata acquosa. «Sono io quella sempre troppo intensa. Ecco perché non ti ho detto nulla.»

Mi guardò di nuovo. «Voglio che le cose siano intense. Voglio che lo siano con te. Mi fai venire voglia di impegnarmi nella vita, invece di rimettermi in disparte. Mi fai venire voglia di vivere.»

Parcheggiò davanti casa sua e spalancò la portiera per venire al mio fianco. Caddi tra le sue braccia quando mi aprì lo sportello.

«Anche tu mi fai venire voglia di vivere» gli dissi. I miei singhiozzi si erano placati. Tutto ciò che sentivo ora erano bolle di speranza. Barlumi di gioia. Gli avvolsi le gambe intorno alla vita e lui mi portò alla porta.

«Ti amo» dissi. «*Ja tebja ljublju.*»

«Che significa?» chiese.

Sorrisi. «Significa che *ti amo.*»

Gettò la testa all'indietro. «Ah, cazzo.»

«Cosa?»

«Me lo dicevi da sempre. Avrei dovuto dirlo prima.»

Risi, perché era una cosa stupida di cui lamentarsi.

Aprì la porta d'ingresso e salimmo i gradini fino al suo appartamento.

«Siamo tornati insieme?» chiese.

«*Da.* Sicuramente. Cioè, io lo voglio.»

Si fermò alla sua porta e mi prese il viso tra le mani. «Lo voglio anch'io.»

Mi baciò come se fossi la sua sposa e fosse il giorno del

nostro matrimonio, un bacio pieno di promesse, carico d'amore.

Il tipo di bacio da cui non avrei mai e poi mai voluto riprendermi.

Poi spinse la porta, tirando fuori il telefono mentre entravamo.

«Mando un messaggio a tuo fratello per dirgli dove siamo e di non disturbarci» disse.

«Ottimo piano» risposi.

Vidi il suo sorriso affievolirsi un po', probabilmente mentre ricordava quello che avevamo appena fatto.

«Mi dispiace che tu abbia dovuto aiutarmi.»

«A me no» disse ferocemente. «A me non dispiace affatto.»

«Adrian è un pulitore. È quello che fa per la bratva. Si occuperà lui di tutto.»

Flynn inspirò e poi espirò. «Bene. Andrei in prigione per te, ma preferirei evitarlo.»

«Già, preferirei evitarlo anch'io.»

Indicò la camera da letto con la testa. «Posso mostrarti come preferirei colpirti?»

Risi e feci finta di correre in camera da letto. «Sono già colpita.»

Quando raggiungemmo il letto, mi prese le mani e le tirò entrambe alla sua bocca per baciarle. «Sono io a essere colpito. Nadja, ora sei libera. Sei in piedi da sola. Io sono qui solo per ammirarti.»

Mi allungai per baciarlo. «Sei tu che mi hai portata a questo punto.»

«No.» Mi fermò le labbra. «Ci sei arrivata da sola. Hai fatto tutto tu, Pesche.»

Gli sbottonai i jeans. «No, sei stato tu.»

Rise e mi tolse la giacca. «No, tu.»

«Tu.»

«Tu.»

Pezzo per pezzo, ci spogliammo a vicenda, e Flynn mi manovrò per farmi sedermi sul letto, mi allargò le ginocchia e ricadde sul pavimento, tra di esse. Mi leccò dentro, separando la mia carne con la punta della lingua, circondando le mie parti più sensibili.

Riuscii a rimanere presente, a non permettere alla mente di associare qualcosa del mio passato a quel momento. A non permettere alle cose brutte accadute nel parcheggio di affollarsi nella stanza.

Quello era lo spazio per Flynn e me. Solo per noi due. E in quel momento mi stava dimostrando quanto era capace di dare vita al mio corpo.

Il calore mi scorreva tra le gambe. I muscoli interni si stringevano e si sollevavano. Mi penetrò con la lingua, usò la punta del naso contro il clitoride. Gli presi la nuca e lo spinsi verso il clitoride, e lui lo succhiò mentre faceva scivolare due dita dentro di me.

Venni quasi subito, ma volevo di più. Volevo la cosa reale.

«Flynn.» Lo spinsi via e strisciai di nuovo sul letto. «Ti prego.»

Si arrampicò su di me con un preservativo in mano, gli occhi castani scuri di desiderio. «Cazzo se mi sei mancata, Nadja.»

Lasciò cadere dei baci sulla mia clavicola e nella cavità del collo. Mi baciò tra i seni, poi si aggrappò a un capezzolo, succhiando abbastanza forte da strapparmi un altro mini orgasmo.

Poi entrò dentro di me, muovendosi al ritmo che trovammo insieme. Il tipo di movimento in cui non riuscivo a capire dove si fermava il suo corpo e iniziava il mio. Eravamo una sola unità, che cavalcava insieme verso il tramonto.

Era la perfezione.

La gloria.

Era potere e amore.

Quando divenne troppo per me, quando ebbi bisogno di avere tutto e completamente, strinsi le caviglie dietro la sua schiena e lo tirai più forte.

Si sostenne su una mano e spinse con forza, affondando in profondità a ogni spinta.

«*Da... da!*» Urlai e venni. Flynn prese il suo ritmo e pompò un'altra dozzina di volte per trovare il suo lieto fine. Quando coprì il mio corpo con il suo, il suo respiro ansimante si mescolò al mio, ci infilammo l'uno nell'altro. Rallentò il ritmo fino a un rock poco ambizioso, e ci sciogliemmo nel materasso. Nelle coperte. L'uno nell'altra.

«Ti amo» mormorò, sfiorandomi la guancia con il dorso delle dita.

«Ti amo tantissimo, Flynn Taylor. Tu sei tutto.»

«No, tu lo sei» mormorò baciandomi lungo lo zigomo.

CAPITOLO DICIASSETTE

Flynn

Sabato sera Nadja venne con me nel backstage del Rue, dove c'era una fila ancora più lunga di persone in attesa di entrare rispetto alle ultime due settimane. Nadja cercò di occupare il suo solito posto tra le quinte, ma io la girai verso le scale laterali. «Stasera ti voglio tra il pubblico. Non è fantastico? Ho una sorpresa per te.»

«Ah.» Era nervosa, comprensibilmente.

«Oleg ti ha tenuto il posto proprio davanti, e non permetterà a nessuno di toccarti. Nemmeno una botta – me l'ha promesso. Guarda, ci sono anche Adrian e Kat.» Indicai il posto proprio di fronte al proscenio. Non c'erano più tavoli e sedie il sabato sera: riempivamo fin troppo il locale, ma Oleg, Adrian, Nikolaj e Maxim avevano fatto scudo con i loro corpi per proteggere le loro donne davanti al palco. Sasha Kat e Chelle erano lì, ridevano e sorseggiavano drink. «Ce la fai?»

Nadja mi fece un piccolo cenno. Vidi che la sua mente si stava sforzando, ma credevo che se la sarebbe cavata.

Presentarsi al Rue dopo quello che era successo quella

notte era stato surreale per entrambi. Non volevo dire che premere il grilletto e porre fine a una vita non mi avesse cambiato. Sì che mi aveva cambiato.

Ma non ci avrei pensato su troppo. Quello lì era il più infimo degli infimi. Quello che aveva fatto a Nadja era imperdonabile. Diavolo, e aveva pure cercato di imprigionarla di nuovo! Meritava quello che gli era successo.

Inoltre, se io e Nadja non avessimo premuto il grilletto, lo avrebbe fatto Adrian. Il risultato sarebbe stato lo stesso.

La mia anima era contaminata ora, ma l'avrei dipinta di cento sfumature di nero se ciò avesse significato liberare Nadja dalla prigione del suo passato.

Adrian mi aveva mandato un messaggio il giorno prima e di nuovo oggi per chiedermi se Nadja stava bene, ma per il resto non aveva detto nulla su quello che era successo. Naturalmente non avrebbe lasciato nulla di scritto in un messaggio sull'argomento, né ne avrebbe parlato per telefono comunque.

Era venuto, il che per un qualche motivo mi aveva fatto sentire più sicuro nel tornare sulla scena del crimine.

Nadja era nervosa e agitata da quando eravamo arrivati, ma c'era anche una leggerezza in lei che non avevo mai percepito prima. Come se avesse veramente trovato la libertà. O forse era perché eravamo ufficialmente una coppia. Mi sarebbe piaciuto credere che fosse per quello.

Ecco perché volevo farle quel regalo, stasera. Nel periodo intercorso tra il momento in cui Cadence mi aveva mostrato il vero problema tra me e Nadja e la morte del tizio che la tormentava nei suoi incubi, avevo finito la sua canzone.

Era diventata la mia risposta alle sue preoccupazioni.

La mia risposta alla sua idea che stessi interpretando il soccorritore. Perché era tutto il contrario. Mi aveva salvato lei, completamente e veramente. Non avevo ancora avuto la possibilità di insegnarla alla band, ma conoscevano già la melodia, e le parole non avrebbero dovuto cambiare nulla.

Io e Lake ci eravamo battuti i pugni quando era arrivato, e avevo pensato di aver percepito delle scuse per l'intera débâcle di Cadence… non che fosse colpa sua. Entrambi ci eravamo ritrovati impigliati nella sua strana rete.

Nadja si diresse verso il pubblico e io chiamai la band. «Ragazzi, venite qui.» Ci avvicinammo in circolo. Avevo saltato l'ultima prova, quindi mi serviva la scaletta, ma volevo fare un cambiamento. «Stasera canterò la canzone di Nadja. Ho finito il testo. Vi sta bene?»

Tutti annuirono. Era tutto facilissimo con loro. Avevamo una storia, amore e un talento folle. Quella band era tutto per me. Non potevo credere di non aver dato il massimo in passato.

«Quando vuoi eseguirla?» chiese Story.

«Dimmelo tu. Ho saltato le prove, quindi non conosco la scaletta.»

Story ci pensò per un momento. «La mettiamo come quarta canzone, prima di *Remember*. Stasera facciamo tutti inediti. Nessuna cover. Mi sembra giusto così.»

«Mi fido del tuo istinto.»

Misi la mano al centro del circolo, e tutti la toccarono e tirarono indietro le dita agitandole.

«Partiamo.»

Corremmo sul palco e la folla urlò. Le mie fan erano lì a urlare il mio nome, ma la folla in realtà era più diversificata stasera. Come se ci fossimo guadagnati l'attenzione anche di un pubblico più anziano, non solo delle fan della mia età, al limite del legale. Vidi uomini di mezza età in piedi sul fondo, che sorseggiavano birra e guardavano.

Poi vidi mio padre. Ci guardava da dietro, e mi salutò con il pollice in su quando sollevai il mento.

Story fece le sue cose: ci presentò e animò la folla. Cantammo le nostre prime tre canzoni, creando un bel crescendo.

«Alcuni di voi hanno seguito i nostri live streaming di TikTok» disse Story. Indicò Nadja davanti in platea. «Dovete ringraziare la fidanzata di Flynn, Nadja, per quelli. Esatto, ragazze: è impegnato.»

Ci furono alcuni fischi ma anche applausi; non che io stessi prestando attenzione. Tutto ciò su cui riuscivo a concentrarmi era il volto raggiante di Nadja, la mia splendida ragazza. Sì, *ragazza*. Ufficialmente.

«Magari avete visto la prima prova di questa nuova canzone un paio di settimane fa. Stasera facciamo il nostro debutto. Flynn, dacci dentro.»

Io e Story cambiammo posizione, e presi il microfono principale.

«Ho scritto questa canzone per Nadja. *E puoi dirlo a tutti, che questa è la tua canzone*» cantai imitando la voce di Elton John. Il pubblico rise. «Va bene, eccola qui.» Regolai la cinghia della chitarra e attaccai col riff, cantando le parole che suonavo in testa in loop da tutto il giorno.

Incatenata al buio con il diavolo
Ha cercato di mangiarti viva
Pensi di aver bisogno di essere aggiustata
So che puoi avere tutto quello che vuoi.

Perché non hai bisogno di essere salvata, non hai bisogno di essere salvata, non hai bisogno di nulla.
Sei perfetta alla luce del sole. Sei perfetta sotto la pioggia.

Tesoro, quando ti vedo cadere, sono sempre io che ricevo aiuto.
Tu, tu, tu, tu, tu, tu, tu, tu, tu, mi hai salvato
Sì, tu, tu, tu, tu, tu, tu, tu, mi hai salvato da me stesso
Tu, mi hai salvato, mi hai salvato, hai salvato me-e-e, sì

Sei stata *a letto con un mostro*
Ma ti sei svegliata con il cuore intatto
Il tuo amore è affidato a me
Lo so per certo

Perché non hai *bisogno di essere salvata, non hai bisogno di essere*
salvata, non hai bisogno di nulla.
Sei perfetta alla luce del sole. Sei perfetta sotto la pioggia.
Tesoro, quando ti vedo cadere, sono sempre io che ricevo aiuto.
Tu, tu, tu, tu, tu, tu, tu, tu, tu, mi hai salvato
Sì, tu, tu, tu, tu, tu, tu, tu, mi hai salvato da me stesso
Tu, mi hai salvato, mi hai salvato, hai salvato me-e-e, sì

Cantai la canzone direttamente a Nadja, e lei mi guardò fisso per tutto il tempo; qualche lacrima le uscì dagli angoli degli occhi, la sua postura e il suo corpo esprimevano totale piacere.

Quando finii, Nadja e i suoi amici del Cremlino esultarono, saltando su e giù con le mani in aria. Sostenni il suo sguardo un momento in più prima di tornare alla mia solita posizione. Dopo la serie di pezzi, scesi dal palco per stringerla con amore. La spinsi indietro, contro il palco, e la baciai intensamente fino a quando Adrian non mi toccò la spalla.

«Ehi, rubacuori. Una parolina.»

«Certo.»

Puntò la testa verso il palco, e uscimmo dalla porta sul retro del parcheggio dietro il Rue. Nikolaj e Maxim erano venuti con lui. I tre formarono un semicerchio davanti a me.

«Nella bratva ci facciamo dei tatuaggi per segnare i nostri crimini» disse Adrian.

Annuii. L'avevo intuito, considerato quanto inchiostro minaccioso sfoggiavano tutti.

«Hai onorato la fratellanza quando ti sei armato contro il nostro nemico. Hai protetto una dei nostri.»

Deglutii; l'immagine del cervello spappolato dell'aggressore di Nadja mi lampeggiava davanti agli occhi. Sì, potevo anche avere incubi sulla cosa al momento, ma potevo gestirli.

«Se vuoi, puoi scegliere uno dei marchi della bratva. Come membro onorario della confraternita. Ora sei sotto la nostra protezione.»

Mi bloccai. Mi stavano offrendo... una specie di adesione? Nella *mafia* russa? Come membro onorario?

Come intuendo la mia esitazione, Adrian chiarì. «Non ti obbliga a fare nulla. È più un'onorificenza. Non è una vera posizione.»

Respirai di nuovo. Mia sorella era già strettamente legata alla bratva di Chicago. Mi fidavo che vivesse con loro. E anche Nadja lo era. La ragazza con cui stavo. Quella con cui avevo intenzione di passare il resto della vita. Quindi, beh, perché rifiutare un loro riconoscimento? Soprattutto se veniva offerto dal fratello di Nadja, il ragazzo che aveva minacciato di uccidermi in più occasioni.

«Grazie. Con piacere.»

«Bene. Si fa nel corso di una cerimonia. La prossima volta che verrai al Cremlino, ti presenterò Stepan, il tatuatore, e lui studierà la tua storia per ideare il disegno.»

I tre mi diedero delle pacche sulle spalle e sulla schiena.

«Ben fatto, Flynn» disse Nikolaj. «Stai bene?»

Annuii. «Sì. Nadja sta bene. E questo è tutto ciò che conta per me.»

Adrian mi porse la mano. Mi resi conto che era la prima volta che mi dimostrava un segno di benevolenza. Gliela strinsi, e lui strinse la mia con fermezza e mi guardò negli occhi. «Grazie. Non dimenticherò quello che hai fatto.»

«Farei qualsiasi cosa per lei» gli dissi.

Proprio in quel momento, Nadja aprì la porta sul retro. «Tutto bene?»

Allungai un braccio e la tirai al mio fianco. «Tutto bene, Pesche. Tuo fratello alla fine mi ha stretto la mano.»

Nadja mi baciò la guancia. «Finalmente vede quello che vedo io.»

«Ah sì? E cosa?»

«Che sei il ragazzo che fa per me.»

A quelle parole, mi attraversò un senso di soddisfazione.

«Dillo di nuovo.»

«Sei il ragazzo che fa per me.»

«Ancora una volta.»

«Sei il ragazzo che fa per me. Ora entra, c'è uno di un'etichetta discografica che sta parlando con Story e gli altri.»

EPILOGO

Nadja

«Ancora una volta e direi che ci siamo» gridò il regista.

Si lanciò in avanti per regolare il colletto della giacca senza maniche di Flynn, e Sasha passò un rossetto rosso vivo a Story.

«Questi costumi sono fantastici» disse Sasha girandosi a guardarmi. «Sei un genio del design.»

Arrossii di piacere. Eravamo in uno studio di Los Angeles, dove gli Storytellers stavano girando diversi video con un regista con cui Sasha e la sua amica attrice, Kayla, ci avevano messi in contatto.

C'erano Sasha e Kayla, il che significava che c'erano anche i loro partner bratva, Maxim e Pavel. Oleg era venuto per Story, ovviamente. La band indossava gli abiti con gli strappi che avevo creato per loro, ed erano assolutamente perfetti.

Io e Sasha indietreggiammo e la band ricominciò. Erano incredibili. Il look da band locale tutta grunge e cinghie era stato sostituito da un aspetto più professionale e di successo.

Mi sarebbe piaciuto che il mio styling avesse avuto un peso nella cosa, ma dipendeva anche dal loro livello di fiducia.

Dopo molte discussioni e consigli da parte di Ravil e Maxim, gli Storytellers avevano deciso di non accettare l'accordo con l'etichetta discografica per poter rimanere indie. La società di pubbliche relazioni di Chelle stava gestendo la loro pubblicità.

Io e Oleg avevamo offerto i nostri risparmi per finanziare un'enorme campagna pubblicitaria di lancio del prossimo album, ma invece avevano lanciato un'iniziativa su Kickstarter e raccolto oltre tre milioni di dollari in tre settimane.

Shawn, il padre di Story e Flynn, era rimasto un po' deluso dal fatto che all'inizio non avessero accettato la proposta dell'etichetta, ma dopo l'operazione su Kickstarter si era dimostrato d'accordo col loro essere indie. Ora era al settimo cielo per il loro crescente successo.

Scattai alcune foto della band con il telefono, zoomando su Flynn per inquadrare il nuovo tatuaggio sulla sua spalla. Era una pesca divisa, ma disposta come le due metà di un cuore. Al centro c'era un singolo proiettile.

I fan di TikTok di Flynn ne chiedevano il significato continuamente, ma ovviamente non avrebbero mai saputo la vera storia.

Avevo chiesto di farmi un tatuaggio bratva, ma Ravil mi aveva spiegato che Flynn aveva marchiato la sua anima per me, per lasciarmi libera dalla sua macchia.

«Porti già delle cicatrici, non hai bisogno di portare nemmeno una goccia d'inchiostro per questo crimine. Lascia che Flynn abbia l'onore. Ti ha fatto quel dono.»

Era vero. Mi aveva liberata, e non solo con il proiettile ma invitandomi nel suo mondo. Lui era il mio tutto.

«Spero che le pubblicherai sui tuoi social» mi mormorò Sasha.

«Dovrei?»

Avevo avviato Instagram e TikTok per pubblicare i miei disegni di moda, e ora stavo disegnando i costumi di burlesque per altre sei compagnie di tutto il Paese.

Continuavo a disegnare costumi e a esibirmi con le Black Velvet Burlesque, il che era la mia gioia personale.

«Sicuramente» disse Sasha. «Cavalca il loro successo e lascia che loro guidino il tuo. La collaborazione è tutto.»

«Va bene.» Ne pubblicai una prima, di farmela sotto, e aggiunsi la didascalia: «Anteprima del nuovo video degli Storytellers con i miei costumi!»

Non avevo tanti follower come Flynn e gli Storytellers – Flynn ne aveva due milioni e mezzo ora! – ma avevo un discreto seguito. C'era già un sacco di cross-over, perché la gente sapeva che ero la fidanzata di Flynn.

Quando finirono l'ultima ripresa, il regista ci chiamò.

«Nadja e Flynn, venite a dare un'occhiata al taglio approssimativo che abbiamo fatto di *Rescued*.»

Andammo a guardare il suo telefono con lui. *Rescued* era la canzone che Flynn aveva scritto per me, quindi mi aveva voluta nel video. Il regista voleva che fosse cupo per via del testo. All'inizio avevo opposto resistenza – odiavo quella parte della mia vita. Ma poi avevo capito che quel video era come le mie performance con le Black Velvet Burlesque: una ripresa della mia narrazione.

C'erano alcune scene cupe e oscure di manette e catene, e io ero in piedi nell'ombra, ma poi emergevo. C'erano un sacco di scene di me che uscivo dall'ombra e andavo nella luce. Che guardavo dritto in camera con forza. Potenza. Il tutto era montato insieme a clip di Flynn che suonava da solo in studio. Era potente. Inquietante. Artistico e bello.

Mi appoggiai a Flynn – non perché avessi bisogno del suo sostegno, ma per comunicare con lui. Per condividere il momento in modo più completo. I miei incubi erano sempre meno numerosi e distanziati nel tempo, e non avevo un attacco di panico dalla notte in cui io e Flynn avevamo sparato all'uomo con il sigaro.

«È bellissimo.» Mi asciugai una lacrima sfuggita dall'occhio. «Cosa ne pensi?»

«È perfetto. Come te.»

«Come te.»

Wolf Ridge High

Alfa Bullo

Alfa Cavaliere

Alfa ribelli

Tentazione Alfa

Pericolo Alfa

Un premio per l'Alfa

Una Sfida per l'alfa

Obsession Alfa

Desiderio Alfa

Guerra Alfa

Missione Alfa

Tormento Alfa

Segreto Alfa

La Preda dell'Alfa

Wolf Ranch

Brutale

Selvaggio

Animalesco

Disumano

Feroce

Spietato

Due Segni

Indomita (gratuito)

Tentazione

Deseada

Sedotta

Padroni di Zandia

La sua Schiava Umana

La Sua Prigioniera Umana

L'addestramento della sua umana

La sua ribelle umana

La sua incubatrice umana

Il suo Compagno e Padrone

Cucciolo Zandiano

La sua Proprietà Umana

La loro compagna zandiana (gratuito)

L'AUTORE

L'autrice oggi bestseller negli Stati Uniti Renee Rose ama gli eroi alfa dominanti dal linguaggio sboccato! Ha venduto oltre un milione di copie dei suoi romanzi bollenti, con variabili livelli di erotismo. I suoi libri sono comparsi su *USA Today's Happily Ever After* e *Popsugar*. Nominata *Migliore autrice erotica da Eroticon USA* nel 2013, ha vinto come autrice antologica e di fantascienza preferita dello *Spunky and Sassy*, come miglior romanzo storico sul *The Romance Reviews* e migliore coppia e autrice di fantascienza, paranormale, storica, erotica ed ageplay dello *Spanking Romance Reviews*. È entrata dieci volte nella lista di *USA Today* con varie antologie.

Iscrivetevi alla newsletter di Renee per ricevere scene bonus gratuite e notifiche riguardo a nuove pubblicazioni!
https://www.subscribepage.com/reneeroseit

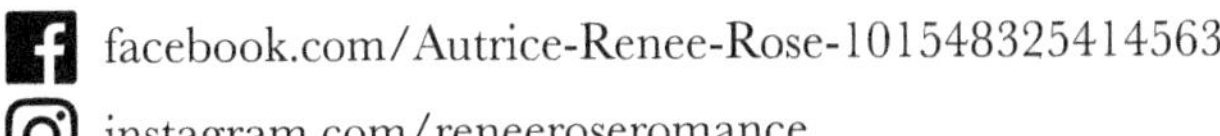

facebook.com/Autrice-Renee-Rose-101548325414563

instagram.com/reneeroseromance